Frieda Lamberti

Kalte Milch und Kummerkekse

Montlake Romance

Das Buch

Seitdem Dagmar mit ihrem Vater gebrochen hat, geht sie ihren Weg allein. Ihr Leben ist eher trostlos als aufregend, gäbe es nicht ihren Nachbarn Pit. Schon seit langer Zeit hat sie ein Auge auf den smarten Polizisten geworfen. Doch mehr als die nette Frau von nebenan will er einfach nicht in ihr sehen. Warum nicht?, fragt sich auch Pits Großmutter und beschließt, dass sich das schnellstens ändern muss. Sie ist der felsenfesten Überzeugung, dass die beiden füreinander bestimmt sind, und nimmt sich vor, ihnen auf die Sprünge zu helfen. Dafür ist ihr jedes Mittel recht. Gerade als ihre Bemühungen den gewünschten Erfolg zeigen, wird unerwartet ein streng gehütetes Geheimnis gelüftet, das alle Beteiligten zwingt, sich ihrer schmerzvollen Vergangenheit zu stellen.

Die Autorin

Frieda Lamberti, gebürtige Hamburgerin, ist Langzeitehefrau, Mutter, Oma von vier Enkelkindern und lebt mit ihrem Mann in der Lüneburger Heide. Sie zählt sich zu den spätberufenen Schreiberinnen. Erst im Alter von fünfzig Jahren veröffentlichte sie ihren Debütroman »Ausgeflittert«. Frieda liebt Geschichten, die das Leben schreibt. Ob Komödie, Melodrama oder Romanze, in ihren Familiengeschichten, die vornehmlich in Hamburg spielen, kommen Humor, Spannung und Tragik nie zu kurz. Neben ihren zahlreichen Titeln, die sie als Selbstverlegerin herausbringt, veröffentlichte Frieda Lamberti bereits ihre Romane »Lila ist der Duft der Wahrheit«, »Frühstück inklusive«, »Herzklopfen und kalte Füße« und »Herzklopfen und kalte Hände« bei Amazon Publishing.

FRIEDA LAMBERTI

Kalte Milch und Kummerkekse

Montlake Romance

Deutsche Erstveröffentlichung bei
Montlake Romance, Amazon Media EU S.à.r.l.
5 Rue Plaetis, L-2338, Luxembourg
März 2016

Umschlaggestaltung: bürosüd° München, www.buerosued.de
Lektorat: Hilke Bemm
Satz: Judith Zimmer, Hamburg
Printed in Germany
By Amazon Distribution GmbH
Amazonstraße 1
04347 Leipzig, Germany

ISBN: 978-1-503-93491-7

www.apub.com

Kapitel 1

Das Leben ist schön. Sprechen Sie mir nach!

»Das Leben ist schön.«

Ich bin ein liebenswerter Mensch. Sprechen Sie mir nach!

»Ich bin ein liebenswerter Mensch.«

Egal, was ich mir vornehme, es wird mir auch gelingen. Sprechen Sie mir nach!

»Egal, was ich mir vornehme, es wird mir auch gelingen.«

Ich bin attraktiv und äußerst begehrenswert. Sprechen Sie mir nach!

»Ach, halt doch die Klappe, du Dummschwätzer! Du bist doch komplett ahnungslos! Was weißt du denn schon von meinem Leben?«, schimpfe ich aufgebracht und reiße mir genervt die Stöpsel aus den Ohren. Endlich verstummt die sonore Stimme meines Mental-Coaches. Von wegen, was ich mir vornehme, wird mir auch gelingen. Und attraktiv und äußerst begehrenswert bin ich auch nicht. Heute Morgen schon mal gar nicht, wie mir der kurze Blick in den Rückspiegel meines Wagens erbarmungslos bestätigt. Ich sehe aus … Na, wie man nach einer Nacht ohne Schlaf halt aussieht. Bis in die frühen Morgenstunden habe ich Nachtschwärmer mit meinem Taxi durch die Hamburger Großstadt gefahren. Vom Flughafen in die Innenstadt. Von der Innenstadt zur Reeperbahn. Von der Reeperbahn zur Alster. Und trotzdem habe ich nicht mehr als hundertvierzig Euro Umsatz gemacht. Zu wenig, um allein über die Runden zu kommen. Gut, dass ich noch einen Zweitjob als Fotografin habe. Der Richtigkeit halber sollte ich wohl sagen, dass das Taxifahren eigentlich nur ein vorübergehender Nebenjob ist, den ich nur so lange ausüben will, bis ich mich mit meiner Kunst etabliert habe. Aber das ist mir trotz Motivationstraining vom Band nach vier Jahren noch immer nicht gelungen.

Wie jeden Morgen halte ich vor der Bäckerei und warte darauf, dass sich die Ladentür öffnet, damit ich meine obligatorische Bestellung aufgeben kann. Vier Rundstücke, die Morgenzeitung und einen Latte zum Mitnehmen.

»Wie immer?«, fragt die Verkäuferin. Ich nicke nur stumm und reiche ihr das abgezählte Geld über den Tresen.

Den Kaffee trinke ich schon während der Heimfahrt. Er sorgt dafür, dass ich nicht auf der Stelle einschlafe. Obwohl ich hundemüde bin, kann und will ich jetzt noch nicht ins Bett gehen. Bevor es so weit ist, steht mein Highlight des Tages auf dem Plan, das ich auf keinen Fall verpassen will. Frühstück mit Pit. Seit Stunden freue ich mich schon darauf. Sobald er mich zu unserem morgendlichen Ritual mit den Worten »Oh, Daggi, du bist ein Schatz« begrüßt, wird mir ganz warm ums Herz. Wenn wir uns in seiner Küche gegenübersitzen, er mir die Butter reicht und so wunderbar frisch nach Duschgel duftet, dann fühle ich mich wie die Frau an seiner Seite.

Ich parke rückwärts ein, nehme die Einkäufe vom Beifahrersitz und will gerade den leeren Kaffeebecher in die Mülltonne werfen, als sich die Haustür öffnet und er heraustritt.

»Guten Morgen, Daggi«, sagt er kurz und wendet sich sofort von mir ab. Als er sich bückt, um das Schloss an seinem Fahrrad zu öffnen, frage ich ihn, wohin er wolle und ob er unser Frühstück vergessen habe. »Sorry, Notfall«, antwortet er und erklärt, dass er kurzfristig für einen erkrankten Kollegen einspringen müsse.

»Schade«, sage ich enttäuscht. »Na, dann hab einen schönen Tag.«

»Und du geh jetzt schlafen! Du siehst mal wieder verdammt müde aus.«

Nach diesem Kompliment schwingt er sich aufs Rad und fährt davon. Er biegt schon um die Ecke, als mir die brillante Idee kommt, ihn doch mit meinem Wagen zur Wache zu fahren. Angesichts der vorherrschenden Kälte hätte er sicher zugestimmt. Aber nun ist es zu spät. Die Gelegenheit, wenigstens noch zehn Minuten mit ihm zu verbringen, ist dahin. Und warum? Weil ich mal wieder viel zu spät reagiert habe. Das entspricht ursprünglich gar nicht meiner Art. Ich bin, wie man so schön sagt, nicht auf den Mund gefallen. Zurückhaltung ist mir eigentlich fremd. Nur in Pits Gegenwart verhalte ich mich so unfassbar schüchtern.

Verärgert über die verpasste Chance stampfe ich die Treppen hinauf. Ich werfe noch einen sehnsüchtigen Blick auf seine Wohnungstür und lege ihm die Zeitung auf die Fußmatte. Dann schließe ich meine Tür auf und gehe auf direktem Weg ins Schlafzimmer, um mich in voller Montur auf mein Bett zu werfen. Ja, es hat auch Vorteile, allein zu leben, aber meiner Meinung nach überwiegen die Nachteile. Es stimmt, ich habe das Singleleben satt und wünsche mir nichts sehnlicher als das baldige Ende dieser trostlosen Lebensphase. Wie meine Zukunft aussehen soll, weiß ich ganz genau. Die Leere in meinem ein Meter achtzig breiten Doppelbett soll künftig Polizeihauptmeister Pit Hartung ausfüllen. Die Augen aufzuschlagen, um dann in sein liebes Gesicht zu sehen, ist für mich der Inbegriff von Erfüllung.

Als ich am nächsten Morgen nach Hause komme, liegt die Zeitung vom Vortag noch immer auf seiner Matte. Vorsichtig klopfe ich an Pits Tür und rufe seinen Namen, aber es rührt sich nichts. Merkwürdig, denke ich und versuche wenig später, von meinem Balkon einen Blick in seine Wohnung zu werfen. Seine Jalousien sind heruntergelassen und so erkenne ich nichts. Wäre ich seine feste Freundin, dann würde ich nicht zögern und ihn sofort auf dem Handy anrufen. Aber ich bin nicht seine feste Freundin, sondern lediglich seine Nachbarin. Die Frau, die ihm täglich Brötchen und die Morgenzeitung bringt. Aber ich bin auch die, die sich Sorgen macht. Verdammt! Warum geht er nicht ans Telefon? Blöde Mailbox! Und ich kann noch nicht einmal eine Nachricht hinterlassen. Was soll ich nur tun? Etwa die Polizei anrufen? Und dann? Was soll ich sagen? »Hier ist Dagmar Niemann. Ihr Kollege, Pit Hartung, ist heute nicht nach Hause gekommen. Ist ihm etwas zugestoßen?«

In meiner Vorstellung höre ich seine Kameraden laut lachen und belustigt nachfragen: »Und wer sind Sie? Seine Nachbarin? Was geht es Sie an, wo und mit wem er seine Nächte verbringt?« Also gut. Bevor ich mich der Lächerlichkeit preisgebe, tue ich das, was mir gar nicht liegt, und übe mich in Geduld. Ich postiere mich mit einem Becher Kaffee am Fenster und beobachte den Eingang.

»Wie lange willst du hier noch stehen und auf die Straße starren?«, fragt mich meine innere Stimme und beschimpft mich als Stalkerin. Ich gebe ihr nach und verlasse meinen Posten, um mir ein ausgiebiges Bad zu gönnen.

In meinen Bademantel gehüllt und mit einem Turban auf dem Kopf kehre ich zurück in die Küche und beschließe, mir nach zwei Tagen Abstinenz eines der vier frischen Brötchen zu gönnen. Als Belag kommt nur Schmierkäse in Frage. Mehr haben meine Vorräte nicht zu bieten. In der Wohnung nebenan liegen Mengen an Schinken und Wurst in seinem Kühlschrank. Pit ist ein absoluter Fleischfresser. Es käme ihm nie in den Sinn, nur ein Marmeladenbrötchen zu essen. Und schon wieder kreisen meine Gedanken um ihn. Ob ich es wagen kann, mir eine Scheibe Salami von drüben zu holen? Schließlich habe ich einen Schlüssel für seine Wohnung. »Für den Notfall«, hatte er damals gesagt, als er zu mir in die erste Etage gezogen ist. Verdammt gut aussehender Bursche, dachte ich sofort. Optisch entspricht er genau meinem Geschmack. Er ist kein geleckter Anzugträger, denn auf diesen Typ Mann stehe ich gar nicht. In seiner verschlissenen Jeans und seiner hellbraunen Wildlederjacke machte er richtig Eindruck auf mich. Doch es ist nicht nur sein Äußeres, das ihn so anziehend macht. Pit hat einen wunderbaren Humor. Wenn er mir von seinen Einsätzen berichtet, könnte ich mich jedes Mal vor Lachen wegschmeißen. In Gedanken an meinen Super-Bullen beschmiere ich ein Brötchen und beiße genüsslich davon ab.

»Igitt«, entfährt es mir sogleich, denn es schmeckt, als hätte ich ein Stück Seife im Mund. Mein Blick fällt auf die Verpackung und liefert prompt die Erklärung für meinen Ekel. Der Schmierkäse ist schon seit fünf Wochen abgelaufen und ich spucke den Happen angewidert aus.

»Na, wenn das kein Notfall ist, weiß ich auch nicht«, sage ich leise zu mir. Ohne lange darüber nachzudenken, nehme ich seinen Schlüssel vom Bord und trete hinaus ins Treppenhaus. Nanu? Die Zeitung ist verschwunden. Dann ist er doch zu Hause, schlussfolgere ich. Bevor mir bewusst wird, dass ich nur mit meinem Bademantel bekleidet bin, habe ich bereits dreimal kurz bei ihm geklingelt. Nun ist es zu spät, um in meine Wohnung zurückzugehen, denn ich höre Schritte und die Tür öffnet sich. Verschämt schaue ich auf den Boden und sage: »Hey … Ähm, ich …«

»Ebenfalls hey«, antwortet mir jemand, aber Pit ist es nicht. Ich blicke erschrocken auf und sehe in die dunkelbraunen Augen einer älteren Dame.

»Oh«, sage ich und stottere: »Ich wollte Pit nur sagen, dass ich …«

»… dass Sie gerade geduscht haben?«, lacht sie und unterzieht mich einem prüfenden Blick.

»Sagen Sie ihm bitte, dass ich …«

»Er ist nicht da«, unterbricht sie mich.

»Okay«, erwidere ich gedehnt und will sofort den Rückzug antreten, aber nun streckt sie mir ihre Hand entgegen und stellt sich mir als seine Großmutter vor.

»Sagen Sie einfach Martha.«

»Und ich bin Dagmar von gegenüber. Ich bringe Pit morgens immer Brötchen und die Zeitung mit.«

»Soso«, antwortet sie und grinst. Irgendwie habe ich das Gefühl, mich rechtfertigen zu müssen, und deshalb betone ich, dass ich ihren Enkel gewöhnlich nicht in diesem Aufzug aufsuche. »Wo sind denn die frischen Brötchen?«, will sie wissen.

»Moment«, antworte ich und gehe zurück in meine Wohnung. Als ich in der Küche nach der Tüte greife, merke ich, dass sie mir gefolgt ist.

»Sie haben es sich hier aber schön gemacht, Dagmar. Kein Vergleich zu seiner Bude nebenan.«

»Stimmt, Pit legt offensichtlich keinen großen Wert auf seine Einrichtung«, lache ich. Er bewohnt eine typische Junggesellenbude, in der das mittelschwere Chaos herrscht. Obwohl er einen Schrank besitzt, liegen seine Klamotten überall verstreut herum, und in seiner Spüle türmt sich das schmutzige Geschirr fast bis zur Decke.

»Entweder hat er wieder einen unerwarteten Einsatz bekommen oder er hat mich einfach vergessen«, sagt sie und lässt sich auf einen Küchenstuhl fallen. »Dabei hat er mir fest versprochen, mich heute zur Untersuchung zu begleiten.«

»Sind Sie krank?«, frage ich.

»Ich bin alt, Dagmar. Meine Knochen sind morsch und mein Hausarzt meint, die Zeit wäre reif für eine OP. Ich soll eine neue Hüfte bekommen.«

»Haben Sie keine Angst, Martha. Das ist heutzutage nur ein Routineeingriff. Mein Vater hat schon vor Jahren neue Hüftgelenke bekommen und alles gut überstanden«, sage ich, um sie zu beruhigen.

»Wie alt war Ihr Vater, als er sich unters Messer gelegt hat?«, will sie wissen und ich antworte, wie aus der Pistole geschossen: »Zweiundfünfzig.« Ich kann mich noch genau an den Tag erinnern, als ich ihn nach dem Eingriff in der Klinik besucht habe. In Anwesenheit seiner zweiten Ehefrau verwies er mich barsch des Zimmers und brüllte in seiner gewohnt despotischen Art: »Ich will dich erst wiedersehen, wenn du zur Vernunft gekommen bist!« Aber darauf wird er vergeblich warten.

»Ich werde nächste Woche achtzig«, erklärt Martha und holt mich mit ihren Worten wieder in die Gegenwart zurück.

»Sie scherzen. Das sieht man Ihnen wirklich nicht an.« Martha grient zufrieden, nimmt sich, ohne zu fragen, ein trockenes Brötchen aus der Tüte und fragt: »Hast du auch was zum Runterspülen?« Augenblicklich sind wir beim Du angelangt.

»Kaffee, Tee oder Saft?«, frage ich wie eine Kellnerin und serviere ihr wenig später einen starken Kaffee, ohne Milch, aber mit viel Zucker.

»Du bist wirklich eine zauberhafte Frau. Pit hat nicht übertrieben, als er von dir sprach.« Bitte? Er hat von mir gesprochen? Mich *zauberhaft* genannt? Warum sagt er das zu seiner Großmutter und nicht zu mir? Der Himmel weiß doch, wie lange ich schon darauf warte. »Hab ich dich jetzt etwa in Verlegenheit gebracht? Das war nicht meine Absicht, Dagmar.« Um mich in Verlegenheit zu bringen, bedarf es schon etwas mehr.

»Nee, bestimmt nicht«, sage ich und bin bemüht, mir meine Freude über ihre Worte nicht anmerken zu lassen. Ich will wissen, wann sie im Krankenhaus erwartet wird.

»Vergiss es. Das schaffe ich sowieso nicht mehr rechtzeitig. Bis nach Altona dauert es mit Bus und Bahn viel zu lange. Ich werde mir einfach einen neuen Termin geben lassen.«

»So weit kommt es noch! Ich werde dich fahren. Nur einen kleinen Moment. Ich ziehe mich rasch an und dann kann es losgehen«, biete ich ihr an. Noch bevor sie widersprechen kann, gehe ich ins Schlafzimmer und nehme mir frische Wäsche aus dem Schrank. Als ich fünf Minuten später wieder in die Küche komme, sehe ich, wie sie sich schmerverzerrt vom Stuhl erhebt. Ich will ihr zu Hilfe eilen, aber sie sagt: »Wenn ich erst mal in die Gänge komme, dann geht's.«

Die Treppe macht ihr schwer zu schaffen. Vorsichtig und vermutlich mit zusammengebissenen Zähnen nimmt sie jede einzelne Stufe.

»Ich parke gleich da vorne«, sage ich und deute auf meinen Wagen.

»Du fährst Taxi? Ich dachte du wärst …«

»Bin ich auch. Taxi fahre ich nur nebenbei«, unterbreche ich sie, öffne die Beifahrertür und helfe ihr beim Einsteigen.

Obwohl Martha mich eindringlich bittet, nicht auf sie zu warten und schnellstens wieder nach Hause zu fahren, bleibe ich bei ihr im Krankenhaus. Während sie untersucht wird, sitze ich im Warteraum und habe schon alle Illustrierten und sämtliche Informationsbroschüren durchgeblättert. Als sie nach fast zwei Stunden wieder aus dem Fahrstuhl steigt, macht sie ein betroffenes Gesicht.

»Schon am Montag soll es passieren. Vermutlich ist einer der Wartekandidaten vorher abgekratzt und nun darf ich aufrücken«, sagt sie und verzieht missmutig das Gesicht.

»Freu dich doch! Endlich werden deine Schmerzen ein Ende haben«, entgegne ich und ahne schon, dass sie meine gut gemeinten Worte nicht aufmuntern.

»Solange man Schmerzen hat, weiß man wenigstens, dass man noch lebt. Mensch, Dagmar, in meinem Alter kann ich mir doch gar nicht sicher sein, ob ich überhaupt wieder aus der Narkose erwache. Und ich darf noch nicht abtreten. Bis es so weit ist, habe ich noch eine wichtige Mission zu erfüllen. Und außerdem will ich meinen Geburtstag feiern. Genau das habe ich dem Arzt auch gesagt.«

»Aha, und nun?«

»Und nun will ich schnellstens nach Hause. Fährst du mich? Du kannst diesmal auch den Taxameter anstellen. Ich zahle natürlich.«

»Keine Frage, natürlich bringe ich dich heim, aber die Fahrt berechne ich dir nicht.«

»So kommst du nie auf einen grünen Zweig, meine Liebe«, lacht sie und steckt mir einen Zwanziger in die Manteltasche.

Erst im Wagen erfahre ich, dass sie nicht in der Nähe, sondern in Bardowick wohnt, einem Sechstausend-Seelen-Dorf, kurz vor Lüneburg gelegen und rund vierzig Kilometer von der Hamburger Innenstadt entfernt. Für ihre zwanzig Euro hätte es gerade mal bis zum Hamburger Hauptbahnhof gereicht. Aber ich habe ihr angeboten, sie zu fahren, und nun halte ich mein Versprechen auch.

Auf der Autobahn muss ich ständig gähnen. Als ich ihr sage, dass ich die letzte Nacht nicht durchgefeiert habe, so wie sie es vermutet, sondern arbeiten musste, meldet sich ihr schlechtes Gewissen zu Wort.

»Och, warum sagst du das denn nicht gleich? Jetzt werde ich bestimmt Schelte von Pit bekommen, weil ich seine Süße so ausnutze.« *Seine Süße?*

»Ich bin nicht seine Süße. Wir sind nur Nachbarn«, sage ich und befürchte, dass der bedauerliche Klang in meiner Stimme mich verraten hat.

»So? Das hab ich aber ganz anders verstanden«, sagt sie und ich bin auf der Stelle wieder hellwach.

»Wieso? Was hat er denn gesagt, was du falsch verstehen konntest?«, frage ich listig, aber sie schweigt.

»Da vorne rechts. Hausnummer siebzehn«, sagt sie nach einer knappen halben Stunde und deutet mit ausgestreckter Hand auf das Gebäude am Ende der Straße. Das kleine Anwesen besitzt eine für die Region typische Fachwerkfassade, weiße Sprossenfenster und ein rotes Ziegeldach. »Komm doch noch mit rein. Ich koche uns einen Kaffee«, bietet sie an. Obwohl ich stehend k. o. bin, nehme ich ihre Einladung an. Eine bessere Gelegenheit, mehr über Pit und seine Bemerkungen über mich zu erfahren, gibt es schließlich nicht.

Kapitel 2

»Gib mal Gas!«, sage ich zu Steffi und fordere sie auf, dem schwarzen Audi zu folgen. Meine Kollegin wirft mir einen fragenden Blick zu, den ich allerdings nicht beantworte. Ich bin mir ja selbst nicht sicher, ob mir meine Augen einen Streich gespielt haben oder ob die Fahrerin des besagten Wagens tatsächlich Becca ist.

Rebecca Wagner ist die Frau, die kurzzeitig die Erdgeschosswohnung in dem Mietshaus bewohnt hat, in dem auch ich zu Hause bin. Sie hat Hamburg nach wenigen Monaten verlassen und ist wieder in den Schwarzwald gezogen.

»Überhol den Wagen und setz dich direkt davor«, weise ich die Polizeiobermeisterin neben mir an. Sie tut, was ich ihr sage, denn meine Uniform zieren vier blaue Sterne, was besagt, dass ich einen höheren Dienstrang bekleide als sie und sie meinen Anweisungen Folge zu leisten hat.

Ein kurzer Blick in den Rückspiegel genügt und ich bin mir sicher, Becca erkannt zu haben. Ich öffne das Fenster und halte meine Kelle hinaus. Es ist nicht zu übersehen, wie sie genervt das Gesicht verzieht, aber kurz darauf lenkt sie ihren Audi auf den Standstreifen und hält bei laufendem Motor.

Langsam steige ich aus. Während ich mich ihr nähere, schaue ich stur auf den Boden. Sie soll mein Gesicht nicht sehen. Ich will ihr nicht die Gelegenheit geben, mich sofort zu erkennen.

»Allgemeine Fahrzeugkontrolle. Ihre Papiere, bitte«, sage ich forsch. Leise vor sich hin schimpfend kramt sie in ihrer Handtasche. Als sie mir ihren Führerschein und die Zulassung durch

das geöffnete Fenster reicht, frage ich sie, ob sie Alkohol getrunken habe.

»Bitte? Das soll wohl ein Witz sein!«, fährt sie mich an.

»Aber ich kann etwas riechen. Bitte steigen Sie aus und begleiten sie mich zum Einsatzwagen. Ich möchte Sie bitten, einer Alkoholkontrolle zuzustimmen.«

»Ich soll pusten? Das ist ja wohl hoffentlich ein Scherz.«

»Wir können Sie auch mit zur Wache nehmen und Ihnen Blut abnehmen lassen. Also bitte, steigen Sie aus!« Mit den Worten »Absolute Unverschämtheit! Das ist reinste Willkür!« verlässt sie ihren Wagen. Als wir uns von Angesicht zu Angesicht gegenüberstehen, schreit sie: »Pit, du blöder Arsch! Das hast du nicht umsonst gemacht! Wieso jagst du mir einen solchen Schrecken ein?«

»Ich freu mich auch, dich wiederzusehen. Was verschlägt dich nach Hamburg?«

»Wir kommen zurück. Wenn alles klappt, wie wir es uns vorgenommen haben, werden Veit und ich schon zu Weihnachten unser neues Zuhause beziehen.«

Veit und sie? Die beiden sind wieder zusammen?

»Na, das sind ja Neuigkeiten.«

»Pit, ich bin wirklich in Eile. Können wir ein anderes Mal quatschen? Vielleicht könnten wir zu viert einen netten Abend verbringen. Wir laden dich und Dagmar zum Essen ein, ja?«

»Und quatschen über alte Zeiten?«

»Ich rufe dich an. Versprochen!« Ich gebe ihr die Papiere zurück und sage: »Ja, das wäre schön. Melde dich. Du hast ja meine Nummer.«

»Übrigens, du siehst verdammt heiß aus in deiner blauen Uniform. Die solltest du auch privat tragen«, lacht sie und steigt in ihren Wagen. Das fehlt mir auch noch, denke ich und winke ihr nach. Ich bin jedes Mal heilfroh, wenn ich diese Klamotten nach Feierabend ablegen kann. Dieser Fummel war einer der Gründe, mir einen anderen Job zu suchen. Der und die Tatsache, dass ich

völlig unterbezahlt werde. Wie bin ich nur auf die blödsinnige Idee gekommen, Schutzpolizist zu werden?

»In unsicheren Zeiten wie diesen ist das Gold wert«, sagt meine Großmutter stets zu mir. Scheiße, Martha! An die hab ich ja überhaupt nicht mehr gedacht.

»Welches Datum ist heute, Steffi?«

»Der vierte Dezember? Warum?«, will meine Kollegin wissen.

»Ich habe doch tatsächlich meine Oma vergessen. Heute sollte ich sie ins Krankenhaus begleiten.«

»Wo bist du nur ständig mit deinen Gedanken?«, lacht meine junge Kollegin mich aus.

Ich versuche, Martha zu Hause anzurufen. Sie geht weder bei sich noch bei mir in der Wohnung ans Telefon. Warum weigert sie sich nur so vehement, das Handy zu benutzen, das ich ihr geschenkt habe? Das Teil hat extra große Tasten und die wichtigsten Nummern habe ich ihr als Kurzwahl einprogrammiert. Es nützt nichts. Ich frage mich umständlich in der Endo-Klinik durch und erfahre, dass sie bereits vor einer Stunde das Haus verlassen hat. Na, wenigstens hat sie ihren Termin wahrgenommen. Sie wird mir die Hölle heißmachen. Und das zu Recht! Wie konnte ich nur die Verabredung mit ihr verschwitzen? Sie bittet mich sonst nie um etwas. Einmal soll ich ihr zur Seite stehen und was mach ich? Mist, verdammter!

Kapitel 3

Wirklich idyllisch wohnt Martha. Obwohl ich ein eingefleischter Stadtmensch bin und für mich ein Leben auf dem Land niemals infrage käme, finde ich Gefallen an ihrem Zuhause. Es strahlt pure Gemütlichkeit aus. Gleich nach dem Betreten ihrer Diele hinkt sie zum Kachelofen und wirft zwei Holzscheite nach. Dann bittet sie mich, in ihrer Wohnküche Platz zu nehmen. Nicht neugierig, eher beeindruckt, schaue ich mich um und bestaune die vielen Kupfertöpfe, die über ihrem Herd an einem Gitter hängen. Sie setzt einen Kessel mit Wasser auf und verspricht, einen handgebrühten Kaffee zuzubereiten, denn eine Kaffeemaschine sucht man in ihrem Haushalt vergeblich. Ich biete ihr an, diese Aufgabe zu übernehmen, und schlage vor, dass sie es sich statt meiner auf der Eckbank gemütlich machen soll. Aber sie lehnt ab und erklärt mir zum wiederholten Mal, dass sie die Schmerzen viel besser im Stehen aushalten könne.

»Wohnst du ganz allein in diesem großen Haus?«, frage ich und nehme ihr zwei Tassen und die Unterteller ab. Sie nickt und sagt, dass sie prima alleine klarkäme.

»Die kleine Schäfer aus dem Nachbarhaus hilft mir hin und wieder. Sie geht für mich zum Einkaufen und putzt, wenn der Staub so dick ist, dass ich mit dem Finger meinen Namen auf die Anrichte schreiben kann.« Die kleine Schäfer muss gerade ihren Dienst verrichtet haben, denn Marthas Haus ist komplett sauber und staubfrei.

»Magst du Kekse?«, fragt sie und stellt eine bunte Blechdose auf den Tisch.

»Hm, Makronen. Ich liebe Kokos. Sind die etwa selbstgebacken?«

»Ich mache alle meine Kreationen selbst«, antwortet sie und stellt noch Vanillekipferl und große Cookies dazu. Mir schmecken die mit Schokostückchen und Macadamianüssen am besten. Statt Milch bekomme ich Sahne in meinen Kaffee und als ich sie für die köstlichen Backwaren lobe, streicht sie mir mit ihrer warmen Hand über den Unterarm. »Meine Kummerkekse schmecken dir?«

»Warum nennst du sie Kummerkekse?«, frage ich nach.

»Immer wenn ich Kummer habe, greife ich zu Mehl, Butter und Eiern.«

»Ist es die bevorstehende OP, die dir Sorgen bereitet?«

»Nein, Liebes, deshalb backe ich nicht schon mein ganzes Leben lang.« Mit diesen Worten verlässt sie den Raum und geht in die Diele, um einen Telefonanruf entgegenzunehmen. »Ja, ja«, höre ich sie sagen. »Hör schon auf, Pit. Ich habe es auch ohne dich geschafft. – Nein, ich bin dir nicht böse. – Nicht mit der Bahn … Dagmar hat mich gefahren. – Na, deine Dagmar. Deine Nachbarin. – Ja, sie ist noch hier. Wir trinken gerade einen Kaffee.« Plötzlich ruft Martha mich. Sie sagt, ihr unzuverlässiger Enkelsohn wolle mit mir sprechen, und reicht mir den Hörer. Er bedankt sich überschwänglich und verspricht, meinen Einsatz wiedergutzumachen.

»Du hast einen Wunsch frei, Daggi. Egal, was es ist, ich werde ihn dir erfüllen«, sagt er und ich muss schmunzeln.

»Ich nehme dich beim Wort«, lache ich und freue mich über sein »Bis später«.

Nun kann es mir nicht schnell genug gehen und ich verabschiede mich von der weltbesten Keksbäckerin. Gerade habe ich meinen Wagen erreicht, als sie mir nachruft und mich bittet, noch einmal zurückzukommen. Sie hält die bunte Dose in der Hand und sagt: »Eine kleine Wegzehrung für dich. Allerdings … am besten schmecken sie zu zweit.« Mit einem Augenzwinkern überreicht sie mir den Reiseproviant. Ich bedanke mich und stelle das Gefäß auf den Beifahrersitz. Noch bevor ich die Autobahn erreiche, öffne ich den Deckel und greife zu. Als mein Handy klingelt, habe ich den Mund randvoll und kann deshalb nur ein kurzes »Mhm?« murmeln.

»Dagmar? Bist du das?«

Ich erkenne die piepsige Stimme sofort und ärgere mich, dass ich den Anruf einfach angenommen habe, ohne vorher auf das Display zu sehen. Hätte ich das getan, wäre ich bestimmt nicht rangegangen, und die nachfolgende Bettelei wäre mir erspart geblieben.

»Hast du es dir überlegt?«, fragt Jana und ich verdrehe die Augen. Mindestens zehn Mal habe ich ihr in den vergangenen Tagen schon gesagt, dass ich ihrer Hochzeitsfeier nicht beiwohnen werde.

»Du kennst meine Antwort«, sage ich energisch.

»Das kannst du mir nicht antun!«

»Tut mir leid, ich muss auflegen.«

»Ich werde dich so lange anrufen, bis du endlich zustimmst.«

Ich beende das Gespräch, indem ich ohne Vorwarnung die rote Taste auf meinem Handy drücke. Natürlich ist mir klar, dass sie keine leeren Drohungen ausgesprochen hat. Sie wird niemals aufgeben, denn sie ist ebenso hartnäckig wie unser Vater. Auch er gibt erst Ruhe, wenn er sein Ziel erreicht hat. Alle Menschen tanzen nach seiner Pfeife und wagen es nicht, sich seinem Willen zu widersetzen. Fast alle. Ich gehöre nicht mehr zum Kreis dieser Speichellecker, denn ich habe es gewagt, mein Leben selbst in die Hand zu nehmen. Es war ein harter und beschwerlicher Weg, bis ich mich von ihm und seinem Einfluss befreien konnte, aber ich bereue meine Entscheidung nicht. Es war richtig, mit ihm zu brechen. Und weil ich ihm nie wieder begegnen will, wird Janas Hochzeit ohne mich stattfinden.

Ich schaffe es nicht mehr bis ins Bett. Schon im Wohnzimmer lasse ich mich aufs Sofa fallen. Ich bin völlig groggy und stelle nicht den Wecker, sondern den Fernseher an. Den Jingle, der die Nachrichten ankündigt, höre ich noch, danach falle ich in den Tiefschlaf.

Es ist schon dunkel, als ich erwache und panisch auf die Uhr schaue. Beide Zeiger stehen auf der Sieben und ich weiß, dass ich mich vier Stunden ausgeruht habe. Das muss reichen, bestimme ich und erhebe mich schwerfällig von der Couch. Bevor ich mich wieder auf Nachttour begebe, stehen noch Arbeiten an, die ich nicht länger aufschieben will. Dazu gehören das Waschen meiner Buntwäsche und das Gießen meiner zahlreichen Topfpflanzen. Ich nehme den randvollen Wäschekorb aus dem Bad und gehe in den Keller. Dort fülle ich meine Waschmaschine, gebe den Rest meines flüssigen Waschmittels in die dafür vorgesehene Kammer und stelle die Temperatur auf dreißig Grad. Als ich wieder hinaufgehe, sehe ich, dass Pits Wohnungstür geöffnet ist. Noch bevor ich meinen Schlüssel ins Schloss stecke, lugt er durch den Spalt und bittet mich, einen Moment zu warten.

»Für dich«, sagt er kurz darauf und hält einen dick verpackten Blumenstrauß in den Händen. Langsam wickelt er das Papier ab und überreicht mir ein üppiges Gebinde aus gelben und weißen Blüten.

»Das wäre doch nicht nötig gewesen«, sage ich gerührt und stecke meine Nase in den Strauß, um den frischen Duft tief einzuatmen.

»Keine Ahnung, wie mir das passieren konnte. Ich hatte Martha heute einfach nicht auf dem Schirm. Du kennst mich, sonst bin ich immer zuverlässig.«

Stimmt, denke ich. Pit Hartung ist die Zuverlässigkeit in Person.

»Hab ich gern gemacht«, sage ich und öffne meine Wohnungstür. Er folgt mir in die Küche. Während ich nach einer passenden Vase suche, bittet er mich, ihm von den Untersuchungsergebnissen zu berichten.

»Aus Martha ist kein Wort herauszubekommen. Vermutlich schmollt sie jetzt mit mir und bestraft mich für meine Schludrigkeit.«

»Das glaube ich nicht. Ich denke eher, sie wollte dir nicht sagen, dass sie bereits für den kommenden Montag einen OP-Termin bekommen hat.«

»So schnell?«

»Sie wird ihn nicht wahrnehmen. Das hat sie nicht nur mir, sondern auch den Ärzten gesagt.«

Pit stöhnt laut auf und schüttelt den Kopf. Er nennt seine Großmutter einen unverbesserlichen Sturkopf. Dann greift er in seine Hosentasche und nimmt sein Handy zur Hand. In meinem Beisein ruft er sie an und fragt, warum sie ihm den Termin verheimlicht habe.

»Lüg mich nicht an, Martha. Ich weiß Bescheid. Natürlich wirst du dich am Montag operieren lassen. Ich werde mir freinehmen und dich begleiten. Keine Widerrede! – Dein Geburtstag? Das ist doch wohl kein triftiger Grund. Den feiern wir nach, sobald du wieder das Tanzbein schwingen kannst.« Er lacht und behauptet von sich, ein Weltklassetänzer zu sein. »Also abgemacht? – Warte, ich will das Telefon auf Mithören stellen. Ich brauche Zeugen, damit du keinen Rückzieher machen kannst. Dagmar hört mit. Nun sag es schon!«

»Dagmar ist bei dir?«

»Ja, sie kann dich hören. Also?«

»Unter einer Bedingung!«

»Du stellst Bedingungen?«, fragt er amüsiert nach.

»Ich stimme nur zu, wenn ihr beide das Wochenende bei mir verbringt. Sag ja, denn es könnte die letzte Gelegenheit für ein Zusammentreffen sein.«

»Martha, du spinnst!«

»Nur unter dieser Voraussetzung stimme ich zu.«

»Ich kann von Dagmar nicht verlangen …«

»Doch, das kannst du«, mische ich mich ein. »Ich bin dabei, Martha«, rufe ich.

»Dann sehen wir uns Samstag«, sagt sie und legt auf. Ich könnte vor Freude in die Luft springen. Diese halsstarrige Frau beschert mir gerade ein ganzes Wochenende mit dem Mann meiner Träume.

»Du musst das nicht tun«, sagt Pit.

»Ich weiß, aber Deal ist Deal.«

»Ich mach das wieder gut«, sagt er bereits zum zweiten Mal an diesem Tag zu mir. Und ich weiß auch schon, wie seine Wiedergutmachung aussehen könnte. Ja, was das angeht, habe ich ganz präzise Vorstellungen. Wie in meinen Träumen soll er mir sagen, dass er genauso tief für mich empfindet, wie ich für ihn, dann soll er mich in den Arm nehmen und unsere Lippen werden sich zärtlich berühren. Unser erster Kuss wird filmreif sein und alle bisher dargebotenen Kussszenen in den Schatten stellen. Weshalb ich mir so sicher bin, dass es tatsächlich passieren wird? Na, schließlich *bin ich ein liebenswerter Mensch, und alles, was ich mir vornehme, wird mir auch gelingen. Ja, das Leben ist schön.* Mein Klugscheißer-Coach hat absolut recht.

»Wusstest du das? Hallo, Dagmar, hörst du mir überhaupt zu?«

»Was soll ich wissen?«

»Dass Becca wieder in der Stadt ist. Sie und Veit sind …«

»… sind auf Immobiliensuche. Ja, das weiß ich.«

»Sie hat ihm tatsächlich verziehen, obwohl er eine andere geheiratet hat!« Pit zeigt sich fassungslos.

»Ach, das ist doch Schnee von gestern. Die beiden sind glücklich. Freu dich doch lieber für sie«, antworte ich.

»Weißt du denn nicht mehr, wie niedergeschlagen sie seinetwegen war? Also, ich hab das Bild von der heulenden Becca noch gut in Erinnerung.«

»Sie liebt ihn! Und einen Fehler zu verzeihen, gehört nun mal zur wahren Liebe dazu.«

»Verstehe einer die Frauen«, sagt er und schüttelt den Kopf. »Übrigens, sie hat vorgeschlagen, dass wir vier uns mal treffen.«

»Schöne Idee«, sage ich.

»Ich mag diesen Veit nicht. Er ist ein neureicher, verwöhnter Schnösel. Wenn ich schon sehe, wie arrogant er in seinen teuren Maßanzügen daherkommt, geht mir gleich das Messer in der Tasche auf.«

»Du trägst ein Messer in der Tasche?«, veralbere ich ihn.

»Jetzt sag nur noch, dass du ihn magst?«

»Er hat was«, sage ich und merke, dass Pit meine Antwort nicht gefällt. Regelrecht verärgert schaut er mich an.

»Sag bloß, du stehst auf diesen Typ Mann?«

Weshalb regt er sich denn so auf?

»Nein, Veit ist nicht mein Typ.«

»Wenigstens eine Frau mit Geschmack«, lobt er mich und schaut endlich versöhnlicher.

»Ich muss gleich los«, sage ich nach dem Blick auf die Uhr.

»Deine Nachtfahrten gefallen mir gar nicht, Daggi. Warum fährst du nicht tagsüber?«

»Weil ich das Tageslicht für meine Fotoarbeiten brauche.«

»Und wann schläfst du?«

»Ich werde mich am Wochenende ausruhen«, lache ich.

»Ja, ich werde persönlich dafür sorgen. Samstag und Sonntag lässt du dich mal richtig verwöhnen.«

Nur zu, Pit Hartung! Ich kann es kaum erwarten.

Kapitel 4

Zwar konnte ich den Montag freibekommen, aber am Sonntag habe ich Bereitschaftsdienst. Dagmar verzieht das Gesicht. Bestimmt bereut sie es schon, Marthas verrückter Idee zugestimmt zu haben, und so schlage ich vor, das Ganze abzusagen. Aber das will sie nicht.

»Vergiss es, Pit. Ich werde mir auf keinen Fall die leckeren Rouladen deiner Großmutter entgehen lassen«, antwortet sie und reicht mir ihre schwere Reisetasche. Gern würde ich wissen, was sie alles eingepackt hat, schließlich bleiben wir nur eine Nacht, aber stattdessen frage ich: »Woher weißt du, was Martha für uns gekocht hat?«

»Ich weiß so viel mehr, als du denkst«, lacht sie und wirft mir ihren Wagenschlüssel zu.

»Ich soll fahren?«, frage ich erstaunt.

»Na, schließlich hast du mir ein erholsames Wochenende versprochen, und dazu gehört auch, dass ich zur Abwechslung mal kutschiert werde.«

Bis ich den Sitz in eine für mich passende Position gestellt habe, vergeht eine Weile. Ungeduldig fordert sie mich auf, endlich loszufahren. Was hat sie denn plötzlich? Warum reagiert sie so hektisch? Es hat nichts mit mir zu tun, sondern mit der jungen Frau, die schnurstraks auf uns zu kommt und energisch an die Scheibe der Beifahrerseite klopft.

»Auch das noch«, schimpft Dagmar und kurbelt das Fenster runter.

»Hier hast du es auch nochmal schriftlich!«, sagt die Blondine und reicht einen cremefarbenen Umschlag durch das Fenster.

Mürrisch nimmt Dagmar das Kuvert entgegen. »Willst du uns nicht miteinander bekannt machen?«, fragt die Überbringerin des Schreibens.

»Nein, das will ich nicht. Wir haben es eilig. Also bitte, Jana, geh zur Seite.« Dann dreht sie ihren Kopf zu mir und sagt: »Gib Gas, Pit! Ich bin hier fertig.«

Als ich an der Kreuzung vor der roten Ampel auf die Bremse trete, frage ich, wer diese Jana ist und was sie von ihr wollte.

»Das war meine Schwester.«

»Du hast Geschwister? Ich dachte immer, du hättest keine Angehörigen. Sagtest du das nicht mal zu mir?«

»Sie ist meine Halbschwester. Gleicher Vater – andere Mutter.«

»Und?«, frage ich neugierig nach und zeige auf den Umschlag. Ohne ihn zu öffnen, erklärt sie, dass es sich um die Einladung zu ihrer bevorstehenden Vermählung handelt.

»Aber das Fest wird ohne mich stattfinden. Das habe ich ihr schon mehrfach gesagt.«

»Warum denn das? Stehst du etwa nicht auf Hochzeiten?«

Sie erwidert mein Lächeln nicht, sondern schaut mit ernster Miene auf den Boden. Nur zögerlich antwortet sie mir.

»Es hat mit meinem Vater zu tun. Ich will nicht mit ihm zusammentreffen. Es herrscht schon seit Jahren Funkstille zwischen uns, und das soll auch künftig so bleiben.«

»Worum ging es bei eurem Streit oder ist die Frage zu privat?« Nun könnte ich mir vor Wut auf die Zunge beißen. Natürlich ist die Frage zu privat. Was denke ich mir nur dabei, sie ins Verhör zu nehmen? Vermutlich wird sie mich gleich anblaffen und mich fragen, was es mich anginge. Aber das macht sie nicht. Im Gegenteil, sie lächelt unerwartet und meint, ich dürfe sie alles fragen.

»Tut mir leid, meine Neugierde ist berufsbedingt. Ich wollte dir wirklich nicht zu nahe treten.«

»Mach ruhig! Was das angeht, kannst du mir gar nicht nah genug kommen.«

Kapitel 5

Nein, das habe ich nicht laut gesagt, oder etwa doch? So wie Pit mich gerade ansieht, sind mir diese Worte tatsächlich gerade deutlich über die Lippen gekommen. Ich möchte vor Scham im Erdboden versinken. Warum sagt er nichts und schaut mich so verstört an? Meine Güte ist mir das peinlich. Egal was ich jetzt sage, ich kann es nicht ungeschehen machen. Dennoch ist es einen Versuch wert.

»Also … ich meinte damit … dass wir gute Freunde sind … und ich keine Geheimnisse vor dir habe. Und wenn dich meine Familiengeschichte interessiert, dann erzähle ich sie dir … irgendwann … wenn du willst«, stottere ich. Er besitzt den Anstand und gibt sich mit meiner lausigen Erklärung zufrieden.

Kurz vor der Autobahn greift er während der Fahrt zu seinem Telefon, um Martha über unser Eintreffen zu informieren.

»Muss ich dich tatsächlich an das Handyverbot am Steuer erinnern? Das kostet sechzig Euro und bringt dir einen Punkt in Flensburg ein. Das solltest du als Bulle doch eigentlich wissen.«

»Dann ruf du bitte bei ihr an und sag, dass wir in circa zwei Stunden bei ihr aufschlagen.«

»Warum erst so spät? Wir haben doch schon die Hälfte der Strecke geschafft?«

»Ich will vorher noch nach Lüneburg fahren.«

»Wir gehen auf den Weihnachtsmarkt?«, rufe ich erfreut aus. »Was für eine tolle Überraschung.«

»Wenn mein Termin nicht zu lange dauert, können wir gern noch einen Bummel über den Weihnachtsmarkt machen. Aber zuerst muss ich zur örtlichen Polizeidirektion und mich zu einem Interview einfinden. Ich habe mich nämlich um einen der letzten freien Plätze für den Bachelorstudiengang an der Polizeiakademie Niedersachsen beworben. Das Auswahlverfahren habe ich bereits bestanden. Jetzt steht nur noch das alles entscheidende Abschlussgespräch an.«

»Niedersachsen?«, frage ich erschrocken.

»Meine Chancen auf einen Posten in Hamburg standen gleich null. Da ich eine Laufbahn im gehobenen Dienst anstrebe, musste ich mich sputen. Würde ich warten, bis ich dreißig bin, wäre der Zug ohne mich abgefahren. Und ich habe bestimmt nicht vor, mein ganzes Leben lang auf Streife zu gehen.«

»Sondern?«

»Ich will zur Kripo.«

»Klingt toll«, lüge ich.

»Verrate Martha bitte noch nichts. Sie soll es erst erfahren, wenn es geklappt hat.«

Und wenn es klappt, werde ich ihn verlieren. Er wird aus Hamburg wegziehen. Aus den Augen, aus dem Sinn. Nein, das darf nicht passieren. Bitte tu mir das nicht an, Pit, möchte ich laut schreien, aber diesmal schweige ich still.

»Ach, Daggi. Nun zieh doch kein Gesicht. Drück mir lieber die Daumen.«

Ich drücke ihm die Daumen, ziehe aber weiterhin eine Flappe, während ich auf dem Parkplatz vor der Direktion im Wagen auf ihn warte. Jetzt könnte ich die aufmunternden Worte meines Mental-Coaches gut gebrauchen. Aber meine Motivations-CD liegt zu Hause, und so versuche ich, mich ohne sein Dazutun aufzumuntern.

»Jetzt oder nie«, beschwöre ich mich. »Dieses Wochenende muss es passieren. Ich werde meine Schüchternheit über Bord werfen und es darauf ankommen lassen.« Warum klingt es in der Theorie so einfach?

Pit verzieht keine Miene, als er zurückkommt und in den Wagen steigt.

»Nun sag schon! Wie ist es gelaufen?«, fordere ich ihn ungeduldig auf und hoffe inständig darauf, dass er die erlösenden Worte sagt. Aber die sagt er nicht.

»Es lief prima. So gut, dass ich sogar schon eine Zusage bekommen habe.«

Es fällt mir schwer, ein erfreutes Gesicht zu machen, und so quäle ich mir ein kurzes »Gratuliere« heraus.

Erst beim Mittagessen lässt er die Bombe platzen und eröffnet Martha, dass er künftig wieder die Schulbank drücken wird. Anders als bei mir ist ihre Begeisterung über diese Nachricht nicht gespielt. Sie lobt ihren Enkel für seine kluge Entscheidung und ihre flache Brust ist von Stolz erfüllt. Als er seine Großmutter fragt, ob sie ihm für die Dauer der Fortbildung ein Zimmer zur Verfügung stellen würde, bleibt mir der letzte Bissen im Hals stecken. Ich huste und ringe verzweifelt um Luft. Während Martha mir beherzt auf den Rücken klopft, reicht Pit mir ein Glas Wasser. Der peinliche Moment dauert gefühlte fünf Minuten.

»Wer möchte Nachtisch?«, fragt die Gastgeberin. Ich lehne ab und äußere den Wunsch, nach dem üppigen Mahl lieber einen Spaziergang zu machen. Bewegung im Freien scheint mir eine geeignete Maßnahme zu sein, den Schreck über seinen bevorstehenden Auszug zu verdauen.

»Aber erst kümmere ich mich um den Abwasch«, sage ich und räume das Geschirr vom Tisch.

»Geht nur. Ich mach das schon«, erwidert Martha.

»Du hast gekocht und ruhst dich jetzt aus!«, bestimmt Pit und nimmt ein Geschirrtuch zur Hand. Als Martha seiner Anordnung endlich folgt und sich ins Wohnzimmer begibt, fragt er mich leise, weshalb ich so schweigsam sei.

»Hat es dir nicht geschmeckt?«

»Unsinn! Das waren die besten Rouladen, die ich je gegessen habe.«

»Was ist denn dann mit dir los?«

»Ich hab einfach nur zu viel gegessen. Das macht mich träge«, versuche ich, meine angekratzte Stimmung zu erklären.

»Dagegen weiß ich was. Komm mit!«, sagt er und nimmt meine Hand. Er zieht mich durch die Küche und öffnet eine Tür, die in einen großen Abstellraum führt. Zielsicher nimmt er einen verstaubten Karton aus dem Regal und fragt mich, welche Schuhgröße ich habe. Statt: Wieso, was hast du denn vor?, antworte ich: »Achtunddreißig.«

»Wenn du dicke Socken anziehst, sollten sie dir passen«, antwortet er und reicht mir ein Paar weiße Schlittschuhe.

»Du willst Eislaufen? Wo denn? Draußen herrschen Plusgrade.«

»Im Nachbardorf gibt es ein Eisstadion. Was meinst du? Hättest du Lust?«

»Lust, mich vor dir bis auf die Knochen zu blamieren?«, frage ich entsetzt zurück. »Denn das werde ich mit absoluter Sicherheit. Ich war noch ein Kind, als ich das letzte Mal auf Schlittschuhen gestanden habe, und schon damals galt ich als völlig talentfrei.«

»Das kaufe ich dir nicht ab. Los, sei kein Frosch, Daggi. Du kannst dich an mir festhalten und solltest du fallen, dann fange ich dich auf.«

Ein letzter Versuch, ihm diese dumme Idee doch noch auszureden, scheitert kläglich.

»Keine Sorge, Martha macht jetzt ein Schläfchen und wird uns nicht vermissen.«

So wie er mich gerade ansieht, ist es unmöglich, ihm seinen Wunsch abzuschlagen.

»Also gut. Überredet. Aber behaupte nicht, ich hätte dich nicht gewarnt!«

Die Schlittschuhe sind mir trotz doppelter Wollsocken noch immer drei Nummern zu groß. Das könnte ein Grund für meinen dilettantischen Auftritt sein. Der wahre Grund ist jedoch, dass ich die Hosen gestrichen voll habe. Mit zittrigen Beinen begebe ich mich auf die Eisfläche. Während die zahlreichen Besucher um mich herum elegant und kapriziös über die Eisfläche schweben, sitze ich schon nach wenigen Metern auf meinem Hintern. Mein Steiß tut so weh, dass ich am liebsten laut losschreien möchte. Aber noch schlimmer als der Schmerz ist die Schmach, mich hier vor allen Leuten zum Deppen gemacht zu haben.

»Danke fürs Auffangen«, schimpfe ich und stakse auf Spitzen zurück zur Bande. Mir reicht es.

»Hiergeblieben!«, ruft Pit. Gekonnt wie ein Eishockeyprofi bremst er nur wenige Zentimeter vor mir und zieht mich zurück aufs Eis.

»Das war heute schon die zweite Scheißidee von dir«, raunze ich ihn an.

»Wieso? Was habe ich denn angestellt, dass du heute so sauer auf mich bist?«

»Ich bin nicht sauer. Ich bin stinksauer auf dich!«

»Und warum?«

»Du hast mir ein erholsames Wochenende versprochen. Stattdessen erhalte ich eine Hiobsbotschaft nach der anderen.«

»Du sprichst in Rätseln, Daggi. Ich weiß noch immer nicht, was du meinst.«

»Warum sagst du mir nicht, dass du deine Wohnung aufgibst, um nach Lüneburg zu ziehen?«

»Weil ich das gar nicht vorhabe. Darum«, lacht er.

»Ich hab es doch mit eigenen Ohren gehört, dass du deine Oma nach einem Zimmer in ihrem Haus gefragt hast.«

»Das stimmt wohl. Aber ich werde dort nicht einziehen. Für den Job muss ich einen Wohnsitz in Niedersachsen nachweisen. Nur pro forma wohne ich bei Martha. Glaubst du wirklich, ich würde meine Wohnung aufgeben?«

»Dann willst du täglich zwischen Hamburg und Lüneburg pendeln?«

»So groß ist die Distanz ja nun auch nicht«, erklärt er und mir fällt augenblicklich ein riesiger Felsbrocken vom Herzen. Erleichtert schaue ich ihn an und sage: »Dann ändert sich künftig nichts an unseren Frühstücksgewohnheiten?«

»Wenn du bereit bist, unser Ritual um eine halbe Stunde vorzuverlegen, bleibt alles beim Alten.«

Er kommt näher und ich bin mir sicher, jetzt meinen langersehnten Kuss zu bekommen. Erwartungsvoll schließe ich die Augen und spitze meine Lippen. Aber Pustekuchen! Pit zieht mir lediglich die Mütze tiefer ins Gesicht und fragt, ob wir einen neuen Versuch starten wollen.

»Gib mir deine Hand! Ich werde dich ziehen«, sagt er und ehe ich mich versehe, befinde ich mich wieder im Getümmel. Von Runde zu Runde werde ich lockerer. Gerade als es anfängt, mir Spaß zu machen, schaut er auf die Uhr und meint, dass wir uns auf den Weg machen sollten, wenn ich noch zum Weihnachtsmarkt möchte.

An einer festlich geschmückten Holzbude kauft er mir einen Liebesapfel, gebrannte Mandeln und eine Tüte handgerollte Bonbons. Während ich meinen zweiten Glühwein schlürfe, betrachte ich die großen und kleinen Lebkuchenherzen, die mit Sprüchen versehen sind, die meine Gefühle für ihn haargenau auf den Punkt bringen. *Ich mag dich – Ich hab dich so gern – Vernasch mich, Süßer …* Ja, das würde passen, lache ich innerlich.

»Ja, lass uns ein Herz kaufen«, schlägt er vor und fragt den Verkäufer, ob er eins hätte, auf dem *Alles wird gut* steht. »Für Martha«, sagt er zu mir. »Ich werde es ihr am Montag geben, wenn ich sie ins Krankenhaus begleite. Es soll ihr Mut machen.«

Wie nett von ihm, denke ich und helfe ihm beim Suchen. Aber wir werden nicht fündig. »Schade«, sagt er knapp. »Das hätte ihr bestimmt gefallen.«

Auf dem Weg zum Wagen telefoniert er. Ich höre ihn sagen: »Super, Steffi. Vielen Dank.« Dann schaut er mich an und erklärt, dass seine Partnerin für ihn den Bereitschaftsdienst übernommen habe und einem störungsfreien Wochenende nun nichts mehr im Weg stünde.

»Komm, Daggi. Jetzt gehen wir zum gemütlichen Teil über.«

Ich glaube, ich habe einen Schwips. Zwei Becher Glühwein und die heiße Milch mit Schuss, die Martha uns zu ihren ofenwarmen Anisplätzchen serviert, sind dafür verantwortlich, dass ich von Minute zu Minute alberner werde. Egal, was Pit auch sagt, ich fange sofort an zu kichern.

»Schön, ihr hattet also Spaß«, sagt Martha sichtlich zufrieden und kommt zu uns ins Wohnzimmer. Sie nimmt auf einem Stuhl Platz, während Pit und ich zusammen wie gewohnt gemütlich auf dem Sofa lümmeln. Er nennt mich scherzhaft Katharina Witt und berichtet seiner Großmutter von meinen nicht vorhandenen Künsten auf dem Eis. Dabei gestikuliert er wild und äfft mich nach. In der Absicht, mir beizustehen, sagt sie, dass noch keine Eisprinzessin vom Himmel gefallen sei und Übung bekanntlich den Meister mache.

»Daggi und eine Eisprinzessin? Das wird in diesem Leben bestimmt nichts mehr«, frotzelt er frech.

»Pass auf, Detective Chief Inspector Barnaby. Noch so eine Frechheit und du lernst mich kennen«, lache ich und kitzle seinen Bauch.

»Was sich neckt, das liebt sich«, wirft Martha ein und ich bekomme augenblicklich einen roten Kopf.

»Red keinen Stuss, Martha. Daggi und ich sind nur gute Freunde«, empört Pit sich. Es sind nicht allein die Worte, die sich wie ein Schlag in mein Gesicht anfühlen. Es ist vielmehr sein Tonfall, der die Absurdität dieser Möglichkeit noch weiter untermauert. Er hätte auch gleich sagen können: Daggi und ich? Das ist komplett unvorstellbar. Lieber werde ich schwul oder gehe freiwillig ins Kloster.

Meine alkoholbedingte Unbekümmertheit ist augenblicklich verschwunden. Reflexartig richte ich mich auf und rücke von ihm ab. Von nun an halte ich die Distanz ein, die sich für *nur gute Freunde* gehört.

Die Stimmung ist im Keller. Martha zieht sich zurück und wünscht uns eine gute Nacht.

»Tut mir leid«, entschuldigt er sich. »Sie kann es einfach nicht lassen. Ich habe ihr schon hundertmal gesagt, dass sie diese ständigen Anspielungen lassen soll. Vermutlich wird sie erst Ruhe geben, wenn ich wieder in festen Händen bin.«

»Wäre das denn so furchtbar?«, frage ich und schaue ihm tief in die Augen.

»Ich und eine feste Beziehung? Vergiss es. Das wird so schnell nicht passieren.«

»Warum denn nicht? Was ist so falsch daran?«

»Unser Leben ist doch perfekt, so wie es ist. Warum denken nur alle Leute, dass man als Single ein unglückliches Dasein fristet? Es geht uns doch gut, oder bist du etwa nicht zufrieden?«

»Ich bin müde! Wo kann ich schlafen?«, frage ich in leicht zickigem Ton, denn weitere Thesen aus dem Mund dieses eingefleischten Junggesellen könnte ich jetzt nicht mehr ertragen.

Traurig und völlig desillusioniert lege ich mich im Gästezimmer ins Bett und starre an die Decke.

»Du bist ein Idiot, Pit«, fluche ich leise ins Kissen. »Unser Leben ist nicht perfekt. Statt nur zufrieden, könnten wir beide glücklich sein. Aber ich habe verstanden. Du willst mich nicht, und ich bin keine Frau, die bis zum Nimmerleinstag geduldig auf deinen Sinneswandel wartet. Das Leben ist zu kurz, um es mit Schmachten und Hoffen zu verbringen. Auch wenn es mir heute das Herz bricht, gleich morgen früh werde ich abfahren und das Kapitel Pit ein für alle Mal ad acta legen.«

Kapitel 6

»Frühstückt Dagmar nicht mit uns?«, fragt Martha. Vermutlich ist sie schon seit Stunden auf, denn sie ist schon frisiert, trägt ihr gutes Ausgehkleid und hat bereits den Tisch für uns drei gedeckt.

»Besser, wir lassen sie schlafen. Daggi hat Schlaf so bitter nötig«, sage ich und begutachte die vielen Leckereien, die appetitlich auf weißen Platten angerichtet sind und nur darauf warten, von mir verschlungen zu werden. Ich habe einen Mordsappetit und liebe es, hier in der Küche zu frühstücken. Wenn es eine Frau versteht, mich kulinarisch zu verwöhnen, dann ist es meine Großmutter.

»Ich mag Dagmar. Sie ist eine wirklich sympathische Person«, sagt Martha. Noch bevor sie weiter insistieren kann, greife ich ihr vor und antworte: »Ich mag sie auch. Und nun Schluss damit!«

»Hör auf, mir ständig über den Mund zu fahren. Wenn ich nicht mehr da bin, ist es zu spät für Reue. Also hör mir gefälligst zu, wenn ich dir was zu sagen habe!«

»Na gut, ich bin ganz Ohr«, sage ich kleinlaut und schenke uns Kaffee ein.

»Sie ist die richtige Frau für dich. Es würde mir leichter fallen, zu gehen, wenn ich wüsste, dass du nicht allein zurückbleibst.«

»Es reicht, Martha. Erstens wirst du nicht sterben und zweitens ist das Thema Beziehung für mich tabu!«

»Zieh endlich einen Schlussstrich unter deine Vergangenheit und schau in die Zukunft, Junge!«

»Das hab ich doch längst.«

»Und weshalb stehen noch immer ihre Sachen in der Kammer? Schmeiß ihren Krempel endlich auf den Müll, denn da gehört er hin!«

»Schluss jetzt!«, flüstere ich, denn ich höre Schritte. Daggi ist aufgestanden und soll von dieser Unterhaltung nichts mitbekommen. Kurz darauf klappt die Badezimmertür zu und der Wasserboiler springt an.

Es gibt nur wenige Frauen, denen eine Ponyfrisur steht. Die französische Schauspielerin Sophie Marceau ist eine, die damit hinreißend aussieht. Sie und Daggi. Heute Morgen hat sie sich ihr halblanges Haar nicht wie sonst zu einem Pferdeschwanz zurückgebunden, sondern trägt es offen. Als ich sie anschaue, bemerke ich, dass sich ein weißer Fleck auf ihrer Oberlippe befindet. Ich verspüre den Wunsch, ihn mit meinem Finger wegzuwischen, sage aber nur: »Du hast Zahnpasta am Mund.«

»Dir auch einen guten Morgen«, raunzt sie mich an, ohne mich anzusehen. Sofort nimmt sie die Stoffserviette zur Hand, um sich den Mund zu putzen. »So? Ist der Fleck weg?«, fragt sie Martha und würdigt mich noch immer keines Blickes. Sie lobt die Vielfalt an Köstlichkeiten und bedankt sich bei meiner Großmutter für die Mühe, die sie sich mit dem Frühstück gemacht hat.

Die beiden sprechen über Honig, den Martha im Ort direkt vom Imker bezieht. Oma ist in ihrem Element und hält einen langen Vortrag über die Vorzüge ihres Heidehonigs. Nach ihrer Meinung ist Honig nicht nur die süße Alternative zu Zucker, Honig ist ein Wunder der Natur, das wirksamste Heil- und Stärkungsmittel schlechthin, besser als jedes Antibiotikum, das in der Apotheke angeboten wird, aber man sollte schon auf Qualität achten. Blablabla … Selbst als Martha auf das fatale Bienensterben zu sprechen kommt, hört Daggi interessiert zu und schenkt ihr immer wieder ein zustimmendes Lächeln. Für mich hat sie keins übrig. Überhaupt benehmen sich die beiden, als wäre ich gar nicht anwesend.

»Na, ich bin hier wohl überflüssig«, sage ich und erhebe mich vom Stuhl. »Ich gehe eine Runde laufen. Kommst du mit?«, frage ich, aber Daggi reagiert gar nicht. Na gut, keine Antwort ist auch eine Antwort.

Üblicherweise bekomme ich beim Joggen den Kopf frei. Diesmal nicht. Ständig hallen Marthas Worte in mir nach. »Zieh endlich einen Schlussstrich unter deine Vergangenheit und schau in die Zukunft! Schmeiß ihren Krempel endlich auf den Müll, denn da gehört er hin!«

Wie recht diese weise Frau doch hat. Es wird Zeit, sich von dem alten Plunder zu verabschieden. Gleich nach meiner Rückkehr werde ich die Kammer entrümpeln und im hinteren Teil des Gartens ein großes Feuer entzünden.

»Verdammt, es brennt!«, rufe ich aufgebracht und renne zum Fenster. Dunkle Rauchschwaden ziehen gen Himmel und ich frage, wo Martha ihren Feuerlöscher aufbewahrt.

»Ein Feuerlöscher ist nicht nötig«, antwortet sie seelenruhig und öffnet ihre Schranktür. Mit einer Flasche Schnaps und zwei Gläsern kommt sie zurück zum Tisch. Erst jetzt erkenne ich Pit, der Kartons in hohem Bogen in die Flammen wirft. Ich will zu ihm gehen, aber Martha hält mich zurück. Sie meint, es wäre besser, ihn jetzt allein zu lassen.

»Das ist ein passendes Tröpfchen, um diesen Anlass standesgemäß zu begießen«, sagt sie und schenkt die Gläser randvoll. Auf welchen Anlass wir denn trinken und vor allen Dingen was das für ein Gebräu ist, will ich von ihr wissen.

»Das ist ein Heidegeist. Selbstgebrannt.«

»Und worauf stoßen wir an?«

»Auf die letzte Gelegenheit, vor meiner OP noch einen zu schnabulieren. Prost!«

Ich kippe den Inhalt auf ex. Genau wie Martha es mir befohlen hat. Danach habe ich das Gefühl, dass meine Kehle explodiert.

»Um Gottes willen«, stöhne ich.

»Das ist ein Rachenputzer. Ich trinke täglich ein Glas davon und war noch nie krank«, lacht sie und stürzt ihr Glas in einem Zug hinunter, ohne mit der Wimper zu zucken. Während ich nach Luft ringe und inständig hoffe, dass der brennende Schmerz in meinem Hals verschwindet, schaue ich erneut durchs Fenster und beobachte Pit, der wie von Sinnen Kleidung und Papiere ins Feuer wirft.

»Sieh nur, Martha! Er ist völlig aus dem Häuschen. Willst du mir nicht endlich sagen, was da draußen vorgeht?«

»Er macht endlich klar Schiff. Ihre Sachen hat er viel zu lange aufbewahrt.«

»Wessen Sachen?«

»Hat er dir nie von Nathalie erzählt?«

Den Namen höre ich heute zum ersten Mal. Folglich schüttle ich den Kopf und sage: »Nein, wer ist das?«

Marthas gütiges Gesicht verwandelt sich schlagartig in eine zornerfüllte Miene.

»Das soll er dir lieber selbst erzählen. Ich sag nur so viel: Dieses Miststück hat nur Ärger und Kummer über ihn gebracht. Er sollte froh sein, dass er sie endlich los ist. Wenn es nach mir ginge, soll dieses Luder qualvoll verrecken!«

»Martha!«, rufe ich entsetzt aus.

»Du wirst mir zustimmen, wenn er dir die Geschichte erzählt.«

»Pit spricht nie über Privates.«

»Dann habt ihr ja eine Gemeinsamkeit! Du bist auch nicht sehr gesprächig, was das angeht.«

»Es gibt nicht viel über mich zu erzählen«, sage ich und hoffe, dass sie sich damit zufriedengibt. Aber das bleibt ein frommer Wunsch.

»Was ist das mit dir und deinen Eltern? Warum habt ihr keinen Kontakt?«

Nanu? Woher weiß sie das denn? Das kann ja nur bedeuten, dass Pit mal wieder geplaudert hat.

»Du willst, dass ich über meine Eltern spreche? Also gut. Meine Mutter starb, als ich vier Jahre alt war. Ich habe kaum Erinnerungen an sie.«

»Wie traurig. Das tut mir leid, Dagmar. Aber du hast wenigstens noch einen Vater. Pits Eltern kamen beide bei einem Autounfall ums Leben. Er war erst zwölf. Seither bin ich seine einzige Familie.«

»Da hatte er großes Glück im Unglück«, antworte ich und drehe ihr den Rücken zu. Für jemanden, der die Körpersprache deuten kann, sollte klar sein, dass ich nicht weiter über dieses Thema sprechen will. Entweder beherrscht Martha die Form der nonverbalen Kommunikation nicht oder sie geht einfach dreist darüber hinweg. Ich tippe auf Dreistigkeit, denn sie gibt keine Ruhe.

»Und warum willst du deinem Vater nicht wiedersehen?«

»Er lebt in einer anderen Welt«, antworte ich knapp und beende das Verhör, indem ich das Fenster öffne und Pit zurufe, dass ich mich auf den Rückweg machen will.

»Sagst du mir noch Tschüs?«

Erstaunt kommt er ins Haus zurück. Als er sieht, wie ich mich mit meiner Reisetasche in der Hand von Martha verabschiede und mich bei ihr für die Gastfreundschaft bedanke, fragt er: »Wieso willst du schon abfahren? Ich dachte, wir drei fahren morgen früh gemeinsam nach Hamburg.«

»Ich hab noch was Wichtiges vor«, lüge ich, biete aber an, die beiden am nächsten Morgen vom Bahnhof abzuholen und in die Klinik zu fahren.

»Dann bis morgen früh«, sagt Martha und drückt mich fest. Natürlich wäre es mir lieber, zum Abschied von Pit umarmt zu werden. Aber *mein guter Freund* trägt lediglich meine Tasche zum Wagen und sagt, ich soll vorsichtig fahren.

»Was bist du nur für ein Töffel!«, schimpft Martha mit mir und knallt die Haustür wutentbrannt hinter uns zu. »Warum hast du sie nicht aufgehalten? Selbst du Blindfisch müsstest doch gemerkt haben, dass sie nur auf ein Wort von dir gewartet hat!«

»Was redest du denn da?«

»Stellst du dich nur dumm oder bist du tatsächlich ahnungslos? Dagmar ist bis über beide Ohren in dich verliebt!«

»Du spinnst doch!«

»Dir ist ja nicht mehr zu helfen!«

Kapitel 7

Im Radio erklingt ein Kinderlied von Rolf Zuckowski. »In der Weihnachtsbäckerei … gibt es manche Leckerei«, singen er und seine kleinen Freunde. Prompt muss ich an Martha denken. Was hatte sie noch gesagt? Wenn sie Kummer hat, greift sie stets zu Mehl, Butter und Eiern. Auch ich habe Kummer. Pits Worte haben sich tief in mein Hirn gebrannt. Ob das Backen von Kummerkeksen auch mir helfen könnte, den Schmerz in meiner Brust loszuwerden? Ich will es auf einen Versuch ankommen lassen und steuere den Wagen in Richtung Flughafen. Der Supermarkt im Terminal ist auch am Sonntag geöffnet und bietet mir die Möglichkeit, alle erforderlichen Zutaten einzukaufen, die ich für mein Vorhaben brauche.

Wie gewohnt nehme ich die Zufahrt, die nur Taxen vorbehalten ist. Ich parke hinter einem Mercedes-Kombi und als ich das Nummernschild erkenne, weiß ich, dass mein Kollege Winfried vor mir steht. Ich steige aus und gehe zu seinem Wagen. Nach einer kurzen Begrüßung richte ich meine Bitte an ihn.

»Ich will nur kurz etwas besorgen. Kannst du für mich aufrücken, sollte ich nicht rechtzeitig zurück sein?« Er nickt und ich werfe ihm meinen Schlüsselbund durch das geöffnete Fenster zu. Im Laufschritt lege ich den kurzen Weg zum Supermarkt zurück.

Es liegen bereits brauner Zucker, Kakao und Nüsse im Einkaufswagen, als ich beschließe, nach weihnachtlichen Gewürzen Ausschau zu halten. Vanille, Zimt und Nelken zähle ich lautlos auf. Erst als ich die Fertigmischungen für Spekulatius und Lebkuchen entdecke, kommt mir die zündende Idee, ein Lebkuchenherz zu backen und es mit der Aufschrift ALLES WIRD GUT zu verzieren.

Dreiundzwanzig achtzig zeigt die digitale Anzeige an der Kasse und ich nehme mein Portemonnaie aus der Handtasche.

»Zahlen Sie bar oder mit Karte?«, fragt die Kassiererin. »Sammeln Sie Punkte?«

»Bar und keine Punkte«, antworte ich und reiche ihr meinen letzten Fünfziger. Als unsere Blicke sich treffen, zuckt sie auffällig zusammen. Gleich darauf lächelt sie über das ganze Gesicht und sagt: »Hallo, lange nicht gesehen.«

Ich nicke freundlich zurück und überlege, woher ich die Frau kennen könnte. Es will mir nicht einfallen. Obwohl bereits einige Leute in der Schlange hinter mir warten, fragt sie mich, was ich mit all den Sachen vorhabe.

»Das sieht nach einem leckeren Kuchen aus«, mutmaßt sie und schaut erneut zu mir auf.

»Ob er tatsächlich lecker wird, wird sich noch zeigen«, lache ich und bitte sie um eine Papiertüte.

»Das wird schon. Ich drücke ganz fest die Daumen und wünsche guten Appetit«, sagt sie und fügt an, dass ich ihr beim nächsten Einkauf vom Ergebnis berichten soll. »Ich arbeite donnerstags und sonntags hier. Immer von zehn bis zweiundzwanzig Uhr.«

»Geht es heute noch weiter? Oder wollen Sie noch länger quatschen? Ich hab schließlich nicht den ganzen Tag Zeit!«, raunzt der Mann hinter mir und drückt mir unwirsch seinen Einkaufswagen ins Kreuz.

»Na, da hat aber jemand schlechte Laune«, gebe ich schnippisch zurück und denke, was für ein ungehobeltes Arschloch er doch ist.

»Zisch endlich ab!«, faucht er und ich bin drauf und dran, ihm den Marsch zu blasen. Aber statt ihn anzupoltern, fällt mein Blick auf seine Einkäufe. Ich entdecke eine Flasche Schampus und eine Packung mit Sushi-Röllchen. Aha, denke ich und ahne, dass er für ein romantisches *Tête-à-tête* eingekauft hat.

»Nun machen Sie schon! Ich hab's eilig!«, brüllt er mir in den Nacken. Jetzt hat er den Bogen überspannt. Besser er hätte sich seine letzte Bemerkung gespart, denn nun fühle ich mich herausgefordert und drehe mich zu ihm um.

»Haben Sie etwa zu früh eine Viagra geschluckt oder warum tun Sie so, als wenn es um Leben und Tod ginge? Ich empfehle Ihnen ein besseres Timing. Das erspart Ihnen die Panik und Ihren Mitmenschen Ihr schlechtes Benehmen«, feixe ich und werde mit stürmischen Lachern von der Kassiererin belohnt.

»Unverschämtheit«, schimpft er und schenkt mir einen bitterbösen Blick.

Als ich mit meinen Einkäufen das Gebäude verlasse, sehe ich, dass Winfried bereits in erster Position steht.

»Nun aber Tempo«, treibt er mich an, denn es warten bereits Fahrgäste an seinem Wagen. Ich werfe ihm zum Dank einen Luftkuss zu, er schleudert mir im Gegenzug meine Wagenschlüssel entgegen. Schnell verstaue ich meine Tüte im Kofferraum und steige ein. In dem Moment, als ich den Motor starte, öffnet sich die hintere Wagentür und jemand lässt sich auf den Rücksitz fallen.

»Luisenweg vierundzwanzig«, sagt eine tiefe Stimme. Gerade will ich antworten, dass ich privat unterwegs bin und keine Fahrten übernehme, als mir bewusst wird, dass der Luisenweg auf meinem Nachhauseweg liegt und somit nichts dagegen spricht, diese Tour zu übernehmen. Ich stelle den Taxameter an und fahre ab. Nach wenigen Metern schaue ich in den Rückspiegel. Und wen erkenne ich? Mister Sushi-Schampus-Viagra sitzt auf meiner Rückbank und schaut seitlich aus dem Fenster. Ich verkneife mir jeglichen Kommentar und setze die Fahrt wortlos fort.

Als ich das zweite Mal an einer roten Ampel halten muss, ergreift er das Wort. »Können Sie nicht ein wenig schneller fahren? Ich bin wirklich spät dran. Mein Flieger hatte Verspätung und im Supermarkt hat mich auch noch so eine blöde Trulla aufgehalten.«

»Die blöde Trulla war ich«, sage ich und drehe mich kurz zu ihm um.

Völlig verstört schaut er mich an. Ihm scheint die Situation mehr als peinlich zu sein, denn er senkt augenblicklich seinen Kopf und blickt auf den Boden. Erst als wir den Kronstiegtunnel passieren, findet er seine Stimme wieder. »Ich werde erwartet. Meine Verlobte steht schon seit zwei Stunden vor meiner verschlossenen Haustür und wird mir die Hölle heißmachen. Vielleicht bringen Sie ein wenig Verständnis für mich auf.«

»Vielleicht hätten Sie Ihrer Verlobten einfach einen Schlüssel geben sollen, dann müssten Sie sich nicht wie ein Oberarschloch aufführen.«

»Sie haben ein ziemlich loses Mundwerk.«

»Und Sie haben Glück, dass ich Sie nicht aus meinem Wagen werfe und Sie den restlichen Weg zu Fuß gehen lasse.«

»Das würden Sie nicht bringen!«

»Wetten doch!«, sage ich und trete auf die Bremse.

»Okay, Sie sind der Boss und ich halte ab sofort meinen Mund.«

»Na, dann sind Sie ja doch ehetauglich. Und ich hatte schon Mitleid mit Ihrer Verlobten.«

»Sie sind wirklich …«

»Hatten Sie nicht versprochen, den Rand zu halten?«

»Bin schon still!«

»Na, geht doch!«, sage ich und setze die Fahrt zufrieden fort.

Als wir das Fahrziel erreichen, zeigt der Taxameter einen Betrag von siebenundzwanzig Euro. Ob dieser Stinker wohl aufrundet und mir ein Trinkgeld gibt, denke ich und frage ihn, ob ich eine Quittung ausstellen soll. Aber statt mir zu antworten, reißt er die Tür auf, springt aus dem Wagen und rennt auf eine Frau zu, die unter dem Dachüberstand des Hauses Schutz vor dem Regen sucht.

»Tut mir so leid, Liebling. Aber ich kann nichts dafür. Der Flieger hatte Verspätung und ich …«

»Wieso rufst du nicht an und sagst Bescheid? Was ist mit deinem Handy los? Ich stehe hier seit zwei Stunden im strömenden Regen und warte auf dich wie bestellt und nicht abgeholt«, keift die Frau, die ihren Kopf unter einem Schirm versteckt und dabei ist, ihm auf offener Straße eine lautstarke Szene zu machen. Er scheint mich völlig vergessen zu haben, denn er macht keine Anstalten, für seine Fahrt zu bezahlen. Ich hupe zweimal kurz, aber auch das scheint ihn nicht an seine offene Rechnung zu erinnern.

»Hey, Sushi-Mann, lass die Kohle rüberwachsen! Ich hab nicht vor, bis auf euren Versöhnungssex zu warten«, rufe ich ihm aus dem geöffneten Fenster zu. Aber nicht er, sondern sie schaut auf, und ich glaube, mich trifft der Schlag, als ich ihr Gesicht sehe und erkenne, dass es sich bei der durchnässten Verlobten um Jana handelt.

Noch bevor sie realisieren kann, dass ich es bin, gebe ich Gas. Bloß schnell weg hier. Scheiß auf die siebenundzwanzig Euro. Auf das Geld zu verzichten, ist mir tausendmal lieber, als erneut mit ihr zusammenzutreffen. Diesen bornierten Stinkstiefel will sie heiraten? Na, Prost Mahlzeit! Bestimmt ist er jemand aus der Firma. Ob sie ihn selbst ausgesucht hat oder er ein Kandidat unseres Vaters ist, frage ich mich.

Ich beschließe, mir keine weiteren Gedanken darüber zu machen. Jana ist schließlich alt genug und sollte wissen, was sie tut.

Backen ist wirklich eine hervorragende Möglichkeit, sich abzulenken und den Kopf freizubekommen. Wie im Rezept beschrieben, bereite ich den Teig zu.

200 g Butter
550 g Honig
250 g Zucker
1 Prise Lebkuchengewürz
30 g Kakaopulver
1200 g Mehl
1 Prise Backpulver
2 Eier
1 Prise Salz

Zuerst erhitze ich langsam Butter, Honig, Zucker, Lebkuchengewürz und Kakao in einem Topf. Sobald sich eine glatte Masse gebildet hat, nehme ich den Topf vom Herd und lasse die Masse abkühlen. Dann siebe ich Mehl und Backpulver in eine Schüssel und bilde eine kleine Mulde, in die ich Salz, Eier und Honigmasse gebe.

Jetzt geht es ans Kneten. Ich verzichte auf meine elektrische Küchenmaschine und arbeite mit den Händen. Das hat etwas Befreiendes und mein angestauter Frust löst sich ganz allmählich auf. Nun soll der Teig für einige Stunden bei Zimmertemperatur ruhen. Ich decke die Schüssel mit einem Tuch ab und beschließe, auch mir ein wenig Ruhe zu gönnen. Doch bevor ich mich mit einer Wolldecke gemütlich aufs Sofa verziehen kann, will ich erst die Schablone basteln. Dafür benutze ich einen alten Schuhkarton, aus dessen Pappe ich ein großes Herz ausschneide.

Es ist vollbracht. Nach zwanzig Minuten ziehe ich gespannt das Blech aus dem Ofen. Es gelingt mir, das Herz im Ganzen vom Backpapier zu lösen. Jetzt muss das herrlich duftende Backwerk für eine Weile auskühlen.

Kurz bevor ich mich auf meine nächtliche Tour begebe, schlage ich Eiweiß zu festem Schnee auf und vermenge ihn so lange mit reichlich Puderzucker, bis ich eine spritzfähige Konsistenz erhalte. Nun gilt es, die Garnitur aufzubringen. Eine ruhige Hand ist dafür nötig, aber meine Hände zittern wie die eines Alkoholikers vor seinem ersten Schluck am Morgen. Wenn ich es jetzt verpatze, war die ganze Arbeit umsonst. *Alles wird gut* soll draufstehen. Mit etwas Fantasie kann man das auch erkennen. Allerdings könnten Korinthenkacker auch *Alles wind gut* daraus lesen. Ich hoffe mal, dass Martha nicht zu diesen Pedanten gehört und sich trotzdem über mein Geschenk freut. Schließlich zählt doch der gute Wille. Darauf hoffe ich zumindest!

Kapitel 8

Ich habe die halbe Nacht kein Auge zugetan und werde zunehmend nervöser. Martha hat mich mit ihrem Gerede vom Sterben völlig verunsichert. Was wird nur, wenn sie die OP tatsächlich nicht übersteht? Über die Gefahr eines erheblichen Blutverlustes bei dieser Operation habe ich ausführlich gelesen und es hat nicht gerade zu meiner Beruhigung beigetragen. Ich mach mir nichts vor, sie ist schließlich nicht mehr die Jüngste. Ein Leben ohne sie kann und will ich mir nicht vorstellen. Natürlich nehme ich mich zusammen und lasse mir in ihrer Gegenwart nichts anmerken. Ich weigere mich einfach, diesen Fall ernsthaft in Betracht zu ziehen. Immer wieder sage ich mir: »Martha ist zäh! Sie ist unsterblich! Basta!«

Aber sie ist auch stur. Als ich vorgebe, uns ein Taxi rufen zu wollen, das uns zum Lüneburger Bahnhof bringen soll, widerspricht sie energisch.

»Bin ich Krösus? Nix da! Wir nehmen den Bus.«

»Du willst mit deiner kaputten Hüfte den ganzen Weg zur Bushaltestelle laufen?«

»Genau. Ich nehme den Stock und du trägst mein Gepäck!«

Mit uns warten rund zwanzig Schüler auf den Bus, die nach seinem Eintreffen rücksichtslos ins Innere stürmen. Ich wundere mich über Martha, weil sie entgegen ihrer Art das rüpelhafte Benehmen der Jugendlichen wortlos hinnimmt. Wir sind die letzten Fahrgäste, die den Bus besteigen. Während ich die beiden Reisetaschen im völlig überfüllten Gang abstelle, kramt meine Großmutter in ihrer Manteltasche. Kurz darauf streift sie sich unauffällig eine gelbe Binde über den Arm und schlägt wild mit ihrem Stock um sich.

»Verzieht euch, ihr Lümmel«, ruft sie forsch. Augenblicklich springen zwei Jungen auf und sie nimmt den Fensterplatz direkt hinter dem Fahrer ein. Sichtlich zufrieden über ihre geglückte Zwangsräumung klopft sie mit der flachen Hand auf den freien Sitz neben sich und fordert mich auf, mich auch hinzusetzen. Gern würde ich wissen, woher sie diese Blindenbinde hat, denn ich weiß, dass sie wirklich keine braucht. Meine Großmutter hat Augen wie ein Luchs und benötigt weder eine Weitsicht- noch eine Lesebrille. Auf meinen fragenden Blick kichert sie im Flüsterton.

»Gibt es bei Amazon für fünf Euro neunundneunzig. Seitdem ich mir dieses Ding zugelegt habe und mit dem Stock unterwegs bin, bekomme ich immer einen Sitzplatz.«

»Du kaufst bei Amazon ein? Wie denn das?«

»Na, mit meinem Notbuch!«

»Du besitzt ein Notebook?«

»Na, selbstverständlich. Was hast du denn gedacht?«

»Ich dachte, du hast es nicht so mit der Technik. Das führst du zumindest ständig an, wenn ich dich auf deinem Handy nicht erreichen kann.«

»Ich erlaube mir den Luxus, nur die Gespräche anzunehmen, die mir wichtig erscheinen.«

»Du bist unmöglich«, schimpfe ich leise.

»Ich nenne es einfallsreich. In meinem Alter muss man zusehen, wie man zurechtkommt.«

»Am Bahnhof nimmst du das alberne Ding aber ab!«

»Spielverderber!«

Martha schafft mich. Während der Bahnfahrt lässt sie keine Möglichkeit aus, mich vor den Mitreisenden zu blamieren. Sie meint, ich hätte mich wenigstens rasieren können. Schließlich wäre ich nicht »Eschten Kutscha«. (Sie meint vermutlich den amerika-

nischen Schauspieler Ashton Kutcher.) Andererseits würde mein ungepflegtes Äußeres ideal zu meiner verschlissenen Hose passen. Dieser »Luck« würde mich als Darsteller für eine deutsche TV-Serie geradezu prädestinieren.

»Du hättest mir deine Jeans doch geben können. Ich hätte dir auf die Schnelle die Löcher zugestopft.« Auf meine Erklärung, dass die Löcher gewollt sind und es sich um eine nagelneue Hose handelt, ernte ich nur verständnisloses Kopfschütteln. Den Vogel schießt sie ab, als sie lautstark verkündet, dass es kein Wunder sei, dass ich noch Single bin.

»Welche Frau will schon einen Mann, der sich wie ein Penner kleidet.«

»Bist du endlich fertig mit deiner Vorführung?«, frage ich genervt.

»Hör zu, mein Lieber. Es war nicht meine Idee, mit dir nach Hamburg zu fahren. Du hast darauf bestanden, mich zu begleiten. Also beschwere dich nicht, wenn ich das ausspreche, was offensichtlich ist.«

Die junge Frau, die uns gegenüber sitzt, kann sich ihr Lachen kaum verkneifen. In Höhe Winsen/Luhe fragt sie mich, ob ich einen Teil ihrer Morgenzeitung haben möchte. Ich nicke und nehme dankbar an. Endlich hält Martha den Rand. Hinter Hamburg-Harburg piept mein Handy. Daggi hat mir eine SMS geschickt und geschrieben, dass sie uns bereits erwartet.

Sie parkt in zweiter Reihe. Als sie uns erblickt, winkt sie uns lächelnd zu. Während ich die Gepäckstücke im Kofferraum verstaue, hilft sie Martha beim Einsteigen.

»Was machst du für ein Gesicht?«, fragt sie mich und ich flüstere nur: »Von meiner Horrorfahrt erzähle ich dir später.«

»Lust auf Kaffee? Ich habe einen schwarzen Espresso ohne Zucker und zwei Café Crema für uns besorgt. Wer will was?«

»Oh, Daggi, du bist ein Schatz«, sage ich zu ihr und nehme mir den kleinen Becher mit Espresso von der Ablage. Martha will

nichts trinken. Sie schaut während der ganzen Fahrt nur stumm aus dem Fenster.

Direkt vor dem Haupteingang bringt Daggi den Wagen zum Stehen und sagt, dass wir schon aussteigen sollen und sie allein nach einem Parkplatz Ausschau halten wird.

»Nicht nötig, Dagmar. Ab hier komme ich allein zurecht«, antwortet Martha und öffnet die Wagentür.

»Selbstverständlich begleite ich dich. Genau für diesen Zweck habe ich mir heute freigenommen«, entrüste ich mich.

»In deinem Aufzug? Nein, Pit. Bis hierher und nicht weiter. Bitte reiche mir meine Tasche und dann macht einen Abflug. Ich melde mich später bei euch.«

Anders als ich widerspricht Daggi ihr nicht. Aber sie bittet Martha, nur noch einen Moment zu warten. Dann öffnet sie das Handschuhfach und kommt mit einem flachen Karton auf uns zu.

»Für dich«, sagt sie zu meiner Großmutter und öffnet vor unseren Augen den Deckel.

»Ein Lebkuchenherz. Wie entzückend, Dagmar.«

»Es ist selbstgebacken und soll dir Mut machen.«

»Alles wird gut«, liest Martha vor und hat Tränen der Rührung in den Augen.

»Nun rauscht schon ab, bevor ich es mir anders überlege!« Martha gibt mir wenigstens noch die Gelegenheit, sie fest zu umarmen, dann verschwindet sie mit Stock und Tasche durch die Glastür.

»Ihr ein Herz zu backen, war eine unfassbar süße Idee von dir«, sage ich zu Daggi und frage sie, ob sie sehr müde sei. Gern möchte ich sie zum Frühstück einladen, aber sie lehnt unerwartet ab. »Dann vielleicht später zum Brunch oder zum Mittagessen! Du schläfst eine Runde und ich …«

»Das ist wirklich nicht nötig, Pit.«

»Ich koche für uns. Bitte sag Ja und bitte … bitte lass mich heute nicht allein. Ich werde sonst noch verrückt vor Angst. Ständig denke ich, dass bei der OP etwas schiefgehen könnte.«

»Mach dir keine Sorgen. Alles wird gut«, sagt sie und streicht mir behutsam mit den Fingern über das Gesicht. Wie beruhigend ihre zärtliche Berührung auf mich wirkt. Wir stehen so nahe beieinander, dass gerade noch ein Blatt Papier zwischen unsere Nasen passt. Das erste Mal, seitdem wir uns kennen, lege ich meine Arme um sie und gebe ihr einen Kuss aufs Haar. Ich würde sie gern noch fester an mich drücken, an ihr riechen, aber sie weicht zurück und sagt: »Also gut. Was wäre ich für eine Freundin, wenn ich dich an diesem Tag allein lassen würde.«

»Dann lass uns nach Hause fahren. Du gönnst dir eine Mütze Schlaf und gegen Mittag …«

»… schmeißt du wieder deinen Grill an und bereitest kiloweise blutige Steaks zu, ohne nur einmal an gesunde Beilagen zu denken«, unterbricht sie mich und lacht amüsiert. »Ich kenne dich nur zu gut, Pit. Wenn du vom Essen sprichst, dann meinst du Fleisch, was anderes kommt bei dir doch nicht auf den Tisch, du alter Kannibale.«

»Du unterschätzt mich gewaltig! Lass dich einfach überraschen.«

»Ich bin gespannt«, kichert sie.

»Das darfst du auch sein. Ich werde dich ganz feudal ausführen und verspreche dir, dass du unser heutiges Date nicht so schnell vergessen wirst.«

Kapitel 9

»Wir treffen uns um eins«, hat Pit gesagt, bevor wir beide in unsere Wohnungen gegangen sind. Das bedeutet drei Stunden Schlaf und eine Stunde Zeit, um mich in eine ansehnliche Frau zu verwandeln. Baden, Haare waschen und mich zur Abwechslung mal in eine feine Robe werfen. Wenn ich schon mal die Gelegenheit bekomme, fein ausgeführt zu werden, dann will ich keine Jeans und Pullover tragen.

»Wir haben ein Date«, gluckse ich vor Freude.

»Ja, eins zum Mittagessen. Also komm wieder runter!«, befiehlt mir meine innere Stimme und fordert mich auf, endlich ins Bett zu gehen.

»Aber er hat ausdrücklich Date gesagt. Ich hab es doch gehört«, beschwöre ich mich, als ich unter der Dusche stehe und meinen Körper mit der neuen Wash-and-Cream-Lotion einreibe. Es klingelt an der Tür. Mist! Habe ich mich etwa in der Uhrzeit vertan? Pit ist viel zu früh dran und ich bin noch lange nicht fertig. Hastig werfe ich mir meinen Bademantel über und laufe den Flur entlang.

»Du bist zu früh«, rufe ich und reiße die Wohnungstür auf.

»Guten Tag, Dagmar«, höre ich eine tiefe Männerstimme. Ich kann das Gesicht meines unerwarteten Besuchers nicht erkennen, denn es versteckt sich hinter einem großen Blumenstrauß.

»Ja bitte?«, frage ich und stoße Sekunden später ein verblüfftes »Och nee!« aus. Mister Sushi-Arschloch steht vor meiner

Tür. Verwundert schaue ich ins Treppenhaus, um zu sehen, ob er mit oder ohne seine Verlobte gekommen ist. Jana ist nicht bei ihm.

»Ich bin hier, um dich um Verzeihung zu bitten. Außerdem schulde ich dir noch …«

»Seit wann sind wir per Du?«

»Darf ich reinkommen?«

»Weshalb? Geben Sie mir einfach die siebenundzwanzig Euro, die Sie mir schulden, und dann tschüss!«

»Dagmar, bitte, die Situation ist mir wirklich sehr peinlich, und es wäre nett, wenn du mir ein Stück entgegenkommen würdest. Schließlich sind wir beide bald miteinander verwandt.«

»Nicht verwandt! Wenn überhaupt sind wir verschwägert! Und dafür kann ich nun wirklich nichts!«, verbessere ich ihn.

»Und? Darf ich nun eintreten, Schwägerin in spe?«

»Na gut, die Trulla wird mal nicht so sein. Komm rein! Aber nur kurz! Ich habe wenig Zeit.«

»Die Blumen sind für dich«, sagt er und will mir den Strauß überreichen. Weil ich aber nicht reagiere, legt er ihn ohne Kommentar auf den Küchentisch.

Der Strauß ist noch größer, bunter und mindestens dreimal teurer, als der, den Pit mir in der vergangenen Woche geschenkt hat. Trotzdem kann ich mich nicht darüber freuen. Ungefragt setzt er sich auf einen Stuhl.

Ich kann sehen, wie er tief Luft holt, allen Mut zusammennimmt und sagt: »Jana ist sehr traurig, weil du nicht zu unserer Hochzeit kommen willst.«

»Ich weiß. Du erzählst mir nichts Neues«, antworte ich emotionslos.

»Warum nur?«

»Sie kennt den Grund.«

»Jana hat dich so gern. Sie spricht ständig von dir.«

»Sie hat mich so gern, dass sie mich fünf lange Jahre wie der Teufel das Weihwasser gemieden hat. Bitte entschuldige den Vergleich, aber treffender kann ich es nicht ausdrücken.«

»Es ist aber doch unser Fest, nicht das eures Vaters.«

»Das macht doch keinen Unterschied. Und jetzt Schluss damit! Ich komme nicht und damit basta! Bitte geh jetzt! Ich habe weder Lust noch Zeit, dieses Thema mit dir zu erörtern. Werdet glücklich! Meinen Segen braucht ihr dafür nicht!«

»Vergiss es, Dagmar. Ich habe den ganzen Tag Zeit und werde erst gehen, wenn du mir versprichst, zu kommen.«

»Die Tour kenne ich, sie zieht bei mir schon lange nicht mehr! Nimm deine Blumen und schleich dich! Ich zähle bis drei, solltest du dann immer noch nicht gehen, werde ich meinen Nachbarn rufen. Er ist Polizist und wird dich verhaften!«

Meine Drohung zeigt wenig Wirkung. Im Gegenteil, er erdreistet sich, mich schallend auszulachen. Also gut. Er hat es nicht anders gewollt. Ich verlasse die Wohnung und klingle gegenüber Sturm.

»Komm schnell! Schaff mir diesen penetranten Kerl vom Hals«, rufe ich aufgebracht, und Pit folgt mir, ohne lange nachzufragen.

»Was ist hier los?«, brüllt er wie ein Löwe und schaut auf den Anzugträger, der seelenruhig in meiner Küche sitzt. »Wer sind Sie und was machen Sie hier?«, fragt mein Bulle.

»Mein Name ist Joshua Parker und ich bin der Verlobte von Dagmars Schwester. Ich bin hier, um sie zu unserer Vermählung einzuladen.«

»Sag ihm, er soll endlich gehen! Auf mich hört er nicht«, rufe ich aufgebracht. Kopfschüttelnd erhebt Joshua Parker sich vom Stuhl.

»Ich verstehe dich nicht, Dagmar. Nenne mir nur einen vernünftigen Grund für dein Verhalten«, fordert er mich auf und kommt direkt auf mich zu.

»Du willst einen Grund?« Ich weiß nicht, woher ich den Mut nehme, aber ich greife ihn mit beiden Händen am Kragen und reiße mit voller Kraft sein Hemd auf. Als ich das Amulett auf seiner behaarten Brust entdecke, packe ich zu und ziehe ruckartig an der Kette, bis sie reißt und zu Boden fällt. Mit ausgestrecktem Finger zeige ich auf den Anhänger und schreie, so laut ich nur kann: »Das ist der Grund! Und nun verschwinde!« Er bückt sich, hebt die Kette auf und verlässt ohne ein Wort meine Wohnung.

»Was hatte denn das zu bedeuten?«, fragt Pit und schaut mich fassungslos an.

»Ein dunkles Kapitel aus meiner Vergangenheit, über das ich nicht gern spreche«, antworte ich.

»Du hast eine dunkle Vergangenheit? Jetzt machst du mich aber neugierig. Komm mal her zu mir und lass dich umarmen, du zitterst ja am ganzen Körper.«

»Ja, halt mich fest«, wimmere ich und schmiege mich an seine Brust. Mein Herz rast und klopft zum Hals. Bloß jetzt nicht losheulen, beschwöre ich mich. Sollte Pit meine Tränen sehen, wird er mir Fragen stellen. Fragen, auf die ich ihm nicht antworten will.

»Wollen wir unser Essen verschieben?«, bietet er an.

»Auf gar keinen Fall! Gib mir eine halbe Stunde. Dann bin ich zu allen Schandtaten bereit.«

»Wenn dir jetzt nicht der Sinn nach Ausgehen steht, kann ich es verstehen.«

»Vergiss es Pit, ich werde wegen diesem Idioten bestimmt nicht auf deine Einladung verzichten.«

Pit will sich wirklich nicht lumpen lassen und führt mich in ein Nobelrestaurant aus. Wir bestellen von der Mittagskarte und er sagt, dass er sich ein Abendessen in diesem Etablissement von seinem mickrigen Gehalt nicht leisten könne. Statt das Essen zu genießen, schaut er ständig auf die Uhr. Natürlich wartet er auf Nachricht aus dem Krankenhaus. Marthas OP war für elf Uhr angesetzt. Der Eingriff sollte sechzig bis neunzig Minuten dauern, gesetzt den Fall, dass er ohne Komplikationen über die Bühne geht.

»Dessert?«, fragt er und ich verneine. »Wenigstens einen Kaffee?«

»Den können wir zu Hause trinken. Nun mach schon! Ruf an und frag, wie es gelaufen ist.« Zögerlich greift er zum Handy. In dem Moment, als er sich das Telefon ans Ohr hält, werden uns von den Nebentischen böse Blicke zugeworfen. Pit versteht und geht zum Telefonieren nach draußen. Als er wenig später breit grinsend an den Tisch zurückkehrt, weiß ich, dass alles gut gegangen ist.

»Martha wurde gar nicht unter Vollnarkose operiert, sondern hat eine Spinalanästhesie bekommen. Sie war die ganze Zeit bei Bewusstsein und hat mir jeden einzelnen Handgriff der Operateure haarklein erklärt. Nun bin ich im Bilde und könnte selbst eine OP eigenständig durchführen.«

»Wollen wir ihr noch einen Besuch abstatten?«

»Nicht heute! Der Rest des Tages gehört nur uns beiden. Wir könnten uns einen Film ansehen, uns aufs Sofa kuscheln und ein bis zwei Flaschen Wein aussüffeln?«

»Film und Sofa klingen gut. Aber auf Wein muss ich verzichten, schließlich muss ich heute Nacht noch fahren.«

»Deine Nachtfahrten gefallen mir gar nicht. Ich habe ständig Angst um dich.«

»Nachts mache ich den größten Umsatz.«

»Nachts sind nur Idioten unterwegs!«

»Ich habe stets Pfefferspray dabei.«

»Mit dir zu diskutieren, ist genauso sinnlos, wie ein Streitgespräch mit meiner Großmutter. Warum seid ihr Frauen nur alle so uneinsichtig?«

»Warum glauben Männer, immer im Recht zu sein?«

»Herr Ober? Zahlen! Oder ist es gestattet, diese freche Person hier an Ort und Stelle übers Knie zu legen?«

Der Kellner grinst und bringt die Rechnung.

Kapitel 10

»Zu mir oder zu dir?«, frage ich.

»Bei mir ist es aufgeräumter«, lacht sie und schließt ihre Wohnungstür auf. Sie hat recht. Daggis Wohnung ist tausendmal gemütlicher als meine. Aber mein Kühlschrank ist im Gegensatz zu ihrem stets gut gefüllt und ich habe immer einen großen Vorrat an Getränken, während bei ihr die Mäuse verhungern.

Mir steht nicht der Sinn nach Kaffee und Sprudel, und so biete ich an, nachzukommen und Wein mitzubringen. Um auf Marthas gelungene Operation anzustoßen, soll es schon ein guter Tropfen sein und ich nehme zwei Flaschen Rotwein aus dem Regal. Als ich ihren Flur betrete, sehe ich, wie sie den frischen Blumenstrauß ihres künftigen Schwagers in den Abfalleimer wirft.

»Weißt du, was ich dachte, als ich den Knilch in deiner Küche sitzen sah? Ich dachte, es wäre ein durchgeknallter Verehrer, der dich stalkt.«

»Schön wär's«, sagt Daggi und geht ins Wohnzimmer.

»Du hättest gerne einen Stalker?«

»Ich hätte gerne einen Verehrer!«

»Ich verehre dich! Reicht dir das nicht?«

Warum schaut sie jetzt so komisch? Was war falsch an meinen Worten? Ich verehre sie wirklich. Sie ist der wichtigste Mensch in meinem Leben, von Martha mal abgesehen.

»Such du den Film aus«, sagt sie und geht aus dem Zimmer.

Wir schauen uns »Stolz und Vorurteil« mit Keira Knightley und Matthew Macfadyen in den Hauptrollen an. Es ist einer ihrer

Lieblingsfilme, und obwohl ich ihn stinklangweilig finde, habe ich zu dieser DVD gegriffen, nur um ihr eine Freude zu machen. Ich trinke schon das zweite Glas Wein, als ich die Stopptaste auf der Fernbedienung drücke und den Film anhalte.

»Was ist eigentlich mit dir los? Seit dem letzten Wochenende benimmst du dich mir gegenüber so … Ich weiß gar nicht, wie ich es ausdrücken soll … So merkwürdig distanziert.«

»Es ist doch wie immer! Ich weiß gar nicht, was du hast!«

»Es ist anders zwischen uns als sonst. Warum sitzt du allein in der Ecke? Weshalb kuscheln wir nicht, wie wir es üblicherweise tun, wenn wir zusammen fernsehen?«

»Ach Pit, hör auf, mir so dumme Fragen zu stellen, und lass uns den Film weiter ansehen.«

»Nicht bevor du mir sagst, was mit dir los ist.«

»Also gut. Rück ein Stück zur Seite, damit ich mich neben dich legen kann. Sonst gibst du ja doch keine Ruhe.« Sie schmiegt sich an mich und ich kann ihren warmen Körper spüren.

»Nun mach schon! Oder wollen wir die ganze Zeit aufs Standbild gucken?«

»Ich will den Scheißfilm gar nicht sehen.«

»Nicht? Was denn?«, fragt sie und dreht mir ihr unschuldiges Gesicht zu.

»Ich will dich ansehen!« Völlig perplex starrt sie mich an. Du bist so lieb und ich hab dich so gern, will ich ihr zuflüstern, aber ich bekomme keinen Ton heraus. Sanft streiche ich mit den Fingern über ihre Wangen. Als sie die Augen schließt, ist der perfekte Moment gekommen, sie zu küssen. Sie sperrt sich nicht und lässt bereitwillig zu, dass sich unsere Lippen immer wieder berühren. Als meine Hand unter ihr Shirt wandert, stockt sie. Ob ich mir sicher bin, will sie wissen, und ich sage: »So sicher, wie ich mir nur sein kann.«

Sie völlig nackt vor mir zu sehen und ihre samtweiche Haut zu berühren hat blitzschnelle Folgen. Ich rechtfertige mich damit, dass es bei mir schon ziemlich lange her ist, als ich das letzte Mal diese Art von Vergnügen genießen durfte.

»Es ist bestimmt nicht so lange her wie bei mir«, lacht sie.

»Das war kein Meisterstück, sorry. Ich weiß, ich kann es besser und länger.«

Sie kichert und schnappt sich mein Glas vom Tisch. Hastig führt sie es zum Mund und trinkt es aus.

»Hm, lecker«, sagt sie und leckt sich genussvoll über die Lippen.

»Das heißt, du bleibst? Du fährst heute nicht mehr mit dem Taxi?«

»Ja, ich bleibe und schenke dir diese Nacht. Es liegt an dir, was du daraus machst.«

»Du gibst mir eine zweite Chance?«

»Es sei denn, du willst es bei diesem Fehlstart belassen«, lacht sie mich frech aus und bringt sich nach diesem Spruch vorsichtshalber vor mir in Deckung.

»Na warte«, drohe ich und springe auf, um sie zu fangen. Schon nach zwei Runden um den Esstisch stelle ich sie. Ich halte sie so lange in meinen Armen fest, bis sie um Gnade bettelt.

»Was war das gerade mit uns? Und überleg dir genau, was du sagst!«

»Es war unerwartet und recht schnell vorbei«, gibt sie mutig zu. »Es ist mir schleierhaft, wie du die Prüfung bei der Kripo bestehen konntest. Ich dachte, körperliche Fitness und Ausdauer wären die Grundvoraussetzungen für die gehobene Laufbahn. Oder willst du nur als Assi Karriere machen und immer nur den Wagen holen?«

»Das war gemein!«, beschwere ich mich, obwohl ich genau weiß, dass sie mich nur veralbert.

»Nein im Ernst, Pit. Es war schön … aber auch ein recht kurzes Vergnügen.«

»Mit anderen Worten: Du willst mehr!«

»Wie gut du mich doch kennst …«

Als ich morgens erwache, ist die Betthälfte neben mir leer. Das kann unmöglich nur ein Traum gewesen sein, rede ich mir ein. Nein, ich habe nicht geträumt. Auf dem Wohnzimmertisch stehen noch die beiden Gläser vom gestrigen Abend und meine Wäsche ist quer über den Boden verteilt. Aber Pit ist fort.

Er hat die Flucht ergriffen, ist mein nächster Gedanke. Es konnte ihm nicht schnell genug gehen, wieder in seine Wohnung zu fliehen, nachdem wir eine Nacht voller Spaß und Leidenschaft erlebt haben. Bestimmt bereut er es schon und fragt sich, wie er wegen Sex unsere Freundschaft aufs Spiel setzen konnte. Eine Freundschaft zu einer Frau, die er verehrt und nachweislich auch begehrt, aber mit der er sich keine feste Beziehung vorstellen kann. Meine Güte, warum hab ich es nur zugelassen? Wie konnte ich mich nur zu einem One-Night-Stand hinreißen lassen? Ausgerechnet mit ihm, wo ich doch genau weiß, dass er keine Bindung eingehen will.

Ich fühle mich hundeelend, und das ist noch stark untertrieben. Und ich fühle mich schmutzig. Da hilft auch keine Dusche.

Das Wasser prasselt schon minutenlang auf mich ein, als ich höre, wie meine Haustür klappt. Kurz danach höre ich Pit nach mir rufen.

»Wo steckst du?«, ruft er. Gleich darauf öffnet sich die Badezimmertür. Er schiebt die Duschwand zur Seite, steckt seinen Kopf zu mir herein und haucht mir ein freundliches »Guten Morgen« zu.

»Ich dachte, du wärst gegangen.«

»Ich bin gefahren! Ohne dich zu fragen, habe ich deinen Autoschlüssel genommen und beim Bäcker für uns eingekauft. Heute habe ich zur Abwechslung mal die Brötchen besorgt. – Warum schaust du so? Hätte ich dich vorher fragen sollen? – Aber du hast so tief und fest geschlafen, da wollte ich dich nicht wecken.«

»Wir frühstücken gemeinsam?«

»Das hoffe ich doch. In einer Viertelstunde bei mir? Ich koche schon mal Kaffee.«

Er spricht mit mir, als wäre nichts vorgefallen, und die Tatsache, dass ich splitterfasernackt vor ihm stehe, scheint ihn auch nicht zu irritieren. Mich schon!

»Ich komme gleich«, sage ich, drehe ihm den Rücken zu und stelle das Wasser ab. Er ist noch immer im Raum und wartet mit einem Frotteetuch in der Hand darauf, dass ich aus der Dusche steige.

»Was ist das für ein weißer Fleck auf deinem Rücken?«, will er wissen.

»Der stammt von einer Laserbehandlung.«

»Hast du dir ein Tattoo entfernen lassen?«

»Ja, so was in der Art. Es gehörte zu meinem alten Leben und passte irgendwann nicht mehr zu mir. Ich wollte es unbedingt loswerden, aber spurlos ist es leider nicht verschwunden«, sage ich und hülle mich in das Handtuch.

»Wäre es nicht wunderbar, wenn man alle falschen Entscheidungen einfach weglasern könnte?«

»Falsche Entscheidungen?«

»Ja, unbedachte Handlungen, Blödsinn, den man aus lauter Leichtsinn angestellt hat.«

Aha! Jetzt ist es so weit, und er spricht das aus, was ich seit dem Erwachen befürchtet habe. Ich ahne schon, mit welchen Phrasen er versuchen wird, sich geschickt aus der Affäre zu ziehen. *Wir sind doch erwachsen, oder Daggi? Lass uns einfach keine große Sache daraus machen. Du bist Single, ich bin Single, und es ist doch nichts dabei, ein bisschen Spaß zu haben.* So oder so ähnlich wird er sich ausdrücken. Aber er schweigt und mustert mich von unten bis oben.

»Wolltest du nicht Kaffee kochen, Pit?«

»Bin schon auf dem Weg.«

Wo bleibt sie nur? Wenn sie nicht bald kommt, wird nicht nur der Kaffee kalt, sondern es bleibt kaum noch Zeit für ein ausgiebiges Frühstück. So gern ich auch den Tag mit ihr verbringen würde, ich muss heute wieder zum Dienst. Nur noch wenige Tage werde ich diese verhasste Uniform tragen müssen, dann darf ich sie endgültig an den Nagel hängen. Gerade rufe ich mir in meinem Smartphone den Kalender auf, als Daggi endlich zur Tür reinkommt.

»Telefonierst du?«, fragt sie leise.

»Nein, du brauchst nicht zu flüstern.«

»Gut, denn ich muss mit dir reden.«

»Das trifft sich gut. Ich nämlich auch mit dir. Hör mir zu! Ich habe bis Neujahr noch vierzehn Urlaubstage, die mir zustehen. Bevor der Lehrgang losgeht, würde ich gern verreisen.«

»Aha«, antwortet sie knapp und greift zur Tasse.

»Hast du Lust?«

»Wozu? Etwa während deiner Abwesenheit deine Post aus dem Briefkasten zu nehmen? Kein Problem, das übernehme ich.«

»Quatsch! Ich frage dich, ob du Lust hättest, für zwei Wochen mit mir zu verreisen. Wir könnten in die Sonne fliegen oder in den Schnee fahren. Mir ist es egal, wohin. Hauptsache du kommst mit.«

»Wirklich? Du nimmst mich nicht auf den Arm?«

»Ich nehme dich viel lieber in den Arm. Komm mal her, du Morgenmuffel, und gib mir endlich einen Kuss. Oder bist du immer noch nicht wach?«

»Ich bin hellwach«, lacht sie und drückt mir vor lauter Freude unzählige kurze Küsse auf den Mund.

»Es gibt nur ein Problem, und das heißt Martha. Ich weiß nicht, wie schnell sie wieder auf die Beine kommt, und dann steht ja auch noch das Weihnachtsfest bevor. Meinst du, sie würde es uns übel nehmen, wenn wir uns verdünnisieren?«

»Frag sie doch einfach.«

Kapitel 11

Der Dezember war schon immer ein umsatzstarker Monat. Obwohl ich seit einer Woche auf Wunsch einer gewissen Person nur noch am Tage Taxi fahre, klingelt meine Kasse. Doch das allein ist nicht der Grund für mein Dauergrinsen. Meine Hochstimmung ist Pit geschuldet. An seiner Seite fühlt sich mein Leben endlich komplett an. Dass auch er so empfindet, hat er mir gerade gestanden.

»Ich lass dich nie wieder los«, haucht er mir ins Ohr und ich kann mir nicht verkneifen, ihn zu fragen, weshalb er seinen Standpunkt so schnell geändert hat.

»Es ist noch keine zehn Tag her, da hast du mir gesagt, dass du dich niemals wieder fest binden wirst.«

»Das war, bevor ich erfahren habe, wie gut du küssen kannst«, erwidert er und zieht mich noch dichter an sich heran.

»Sie muss dir sehr wehgetan haben.«

»Wovon sprichst du?«

»Ich spreche von Nathalie. Sie ist doch der Grund, weshalb du dich so vehement geweigert hast, wieder tiefe Gefühle zuzulassen. Oder irre ich mich?«

»Woher weißt du von …? Sag nichts! Martha hat geplaudert, stimmt's?«

»Nein, geplaudert hat sie nicht. Es war lediglich eine Bemerkung, und ich hab eins und eins zusammengezählt.«

»Nathalie ist Vergangenheit«, sagt er und stößt einen leisen Seufzer aus.

»Du musst nicht über sie sprechen. Ich kann es nur zu gut verstehen, wenn auch du das Geschehene ruhen lassen willst. Das, was ich von dir wissen muss, weiß ich bereits. Mehr ist nicht nötig.«

»Aber ich will keine Geheimnisse vor dir haben und mittlerweile kann ich darüber reden, ohne dass es mir etwas ausmacht.«

Pit erzählt mir, wie sie sich kennengelernt haben. Sie waren erst wenige Monate fest zusammen und haben in Bardowick die Einliegerwohnung in Marthas Haus bewohnt, als er herausfand, dass sie sich illegal in Deutschland aufhielt. Sie beschlossen zu heiraten, um einer drohenden Abschiebung zuvorzukommen. Doch kurz vor der Trauung muss sie es sich anders überlegt haben, denn sie ging ohne Vorwarnung freiwillig nach Russland zurück und hinterließ ihm lediglich einen Zettel, auf dem stand, dass sie ihm ein schönes Leben wünscht.

Das ist ein starkes Stück, denke ich und verstehe, weshalb Martha auf diese Frau nicht gut zu sprechen ist. Und mir wird auch klar, weshalb Pit sich Becca gegenüber damals so mitfühlend gezeigt hat. Genau wie sie hat er erfahren, wie es sich anfühlt, wenn einem das Herz gebrochen wird. Mir ist so eine Erfahrung bisher erspart geblieben. Kein Wunder, denn ich habe vor Pit noch nie jemanden so geliebt, dass er mir diesen Schmerz hätte zufügen können.

»Wie lange ist das her?«, frage ich.

»Vier Jahre. Kurz darauf habe ich mich nach Hamburg versetzen lassen und die Wohnung neben dir gemietet.«

»Das war eine sehr gute Entscheidung«, lobe ich ihn.

»Apropos Entscheidung. Martha hat entschieden, vorzeitig das Krankenhaus zu verlassen. Sie besteht darauf, ihren Geburtstag zu Hause zu feiern.«

»Dann sollten wir ihr ein schönes Fest ausrichten. Schließlich wird sie nur einmal achtzig.«

»Wie soll das gehen? Ich bekomme so kurzfristig nicht frei und mein Resturlaub geht für unsere Reise drauf.«

»Ich übernehme das gern. Wir überraschen sie mit einer Feier, laden all ihre Freunde zu Kaffee und Kuchen ein. Das sollte doch innerhalb eines Tages möglich sein.«

»Die meisten ihrer Freunde sind tot. Folglich würde ein Kuchen reichen«, lacht er.

»Wie auch immer. Sie soll einen schönen Geburtstag bekommen. Ich fahre gleich zu ihrem Haus, richte alles her und du trommelst die wenigen Überlebenden zusammen. Morgen hole ich Martha aus der Klinik ab und wenn wir bei ihr eintrudeln, rufen alle aus voller Brust: Überraschung! Das würde ihr doch gefallen, oder?«

»Ja, das wäre ganz nach ihrem Geschmack.«

»Also abgemacht.«

Pit will nicht, dass ich ihn zur Wache fahre, er besteht darauf, das Rad zu nehmen. Nach seiner Aussage hat er schon viel zu lange auf der faulen Haut gelegen und muss endlich wieder was für seine Figur tun.

»In drei Tagen geht es ab in die Sonne. Schließlich will ich in der Badehose eine gute Figur machen.« Ich finde seinen Body perfekt, aber vermutlich bin ich nicht objektiv und so sage ich: »Dann tritt in die Pedale und lass dir den eisigen Wind um die Nase wehen. Ich werde jetzt noch ganz gemütlich einen Kaffee trinken, mir eine Einkaufsliste schreiben und dann alles Nötige einkaufen.«

Ich bekomme Marthas Schlüssel und einen langen Kuss, dann ist er weg. »Auf geht's«, sage ich zu mir und notiere, was mir spontan in den Sinn kommt. Sekt, Orangensaft, Kerzen, Blumen, Luftballons und Papierschlangen. Quatsch – keine Luftballons – wir feiern schließlich keinen Kindergeburtstag, und die Luftschlangen werden auch gestrichen, oder ist schon Silvester? Nein, die Deko muss stilvoll sein und dem Anlass angemessen. Ich werde eine Girlande aus frischen Blumen binden. Ob ich eine Achtzig daran befestigen werde, weiß ich noch nicht. Das werde ich kurzfristig entscheiden. Ich sollte mich langsam auf den Weg machen, denn es gibt viel zu tun und die Uhr läuft.

Drei Stunden später parke ich meinen Wagen vor der Hausnummer siebzehn. Es ist saukalt im Haus, denn Martha, der alte Sparfuchs, hat alle Heizungen abgestellt. Ich stelle sie auf fünf und behalte meine dicke Jacke vorläufig an. Getränke und Lebensmittel sind schnell verstaut. Bevor ich mich an das Binden der Girlande mache, decke ich eine Tafel. Auf einer weißen Tischdecke platziere ich die Kerzen und später das feine Geschirr mit dem Blümchenmuster. Auf der Suche nach Gläsern bin ich gezwungen, jede einzelne Schranktür zu öffnen. Es ist mir unangenehm, Marthas Schränke zu durchforsten, aber anders geht es nun mal nicht.

Die groben Aufgaben sind schnell erledigt. Nun geht es an die Filigranarbeit. Während im Ofen zwei Kuchen backen, kürze ich die langstieligen Blumen und wickle sie auf kleine Buchsbaumsträuße. Ich habe schon zwanzig kleine Gebinde fertig, die mittels Wickeldraht nur noch zusammengefügt werden müssen. Es ist fast vollbracht, als mir das laute Klingeln des Telefons solch einen Schreck einjagt, dass ich regelrecht zusammenzucke.

»Mist«, schreie ich laut auf, denn ich habe mir mit dem scharfen Messer tief in die Hand geschnitten. Obwohl ich stark blute, nehme ich den Anruf entgegen. Es ist Pit, der mir sagt, dass zehn Leute ihr Kommen zugesagt haben und ich bei meiner Abfahrt daran denken solle, den Haustürschlüssel für die Überraschungsgäste unter der Fußmatte zu deponieren.

»Wo bewahrt Martha ihr Verbandszeug auf? Ich brauche dringend ein Pflaster.«

»Vermutlich im Badezimmerschrank. Wenn du dort nichts findest, schau in ihrer Kommode im Schlafzimmer nach. Dort bewahrt sie auch ihre Medikamente auf. Was ist denn passiert?«

»Halb so wild, ich hab mich nur geschnitten. Ich ruf dich gleich zurück«, sage ich und laufe ins Bad. Weil ich auf die Schnelle nichts Geeignetes finden kann, reiße ich einige Meter Toilettenpapier von der Rolle und presse es auf die Wunde.

In der besagten Kommode finde ich den Verbandskasten. Ich reiße den Deckel auf und staune. Statt Mullbinden und Pflaster finde ich Briefe vor. Sie sind an Herrn Pit Hartung adressiert. Ich will die Box zurückstellen, aber die fremdländischen Briefmarken wecken meine Neugierde. Es besteht kein Zweifel, diese Briefe wurden in Russland aufgegeben.

Ich nehme mir ein Kuvert vom Stapel und versuche, den Poststempel zu entziffern. Die Jahreszahl 2015 ist klar und deutlich zu erkennen. Es gibt drei Umschläge aus diesem Jahr. Vier weitere wurden im Jahr 2014 abgeschickt, andere 2013, 2012 und einer ist von 2011. Mir stockt der Atem, denn mir wird augenblicklich klar, dass Nathalie nicht so sang- und klanglos verschwunden ist, sondern noch immer Kontakt hält. Da alle Briefe verschlossen sind, lässt das nur einen Schluss zu: Martha hat sie Pit vorenthalten.

Das Papier in meiner Hand ist bereits blutdurchtränkt. Ich brauche dringend einen Verband. Meine Güte, wie dumm ich doch bin! Weshalb bin ich nicht gleich zu meinem Wagen gegangen und habe meinen eigenen Verbandskasten geholt? Hätte ich das doch bloß getan, denn dann wäre mir diese unsägliche Entdeckung erspart geblieben, was mir im Nachhinein deutlich lieber gewesen wäre, denn ich weiß überhaupt nicht, wie ich mit diesem Wissen umgehen soll.

Ich lege einen Druckverband an und warte ungeduldig auf das Signal, dass mir das Ende der Backzeit ankündigen soll.

Erst als ich die Topfkuchen zum Auskühlen auf ein Gitter stelle, rufe ich Pit zurück. Es läuft nur seine Mailbox und ich bin froh, jetzt nicht mit ihm sprechen zu müssen. Ich hinterlasse nur eine kurze Nachricht.

»Ich mache mich gleich wieder auf den Weg. Es ist alles erledigt. Kuss – Bis später.«

Auch während der Rückfahrt kreisen meine Gedanken um die Briefe. Soll ich Pit davon berichten? Oder wäre es besser, erst Martha darauf anzusprechen? Etwa morgen an ihrem Geburtstag? Oder soll ich es ganz für mich behalten? Schweigen und so tun, als hätte ich nie in die Kommode geschaut? Keine schlafenden Hunde wecken, rät mir mein Verstand. Du darfst es nicht für dich behalten, sagt mir mein Gewissen. Solange sich die beiden nicht einig sind, kann ich keine Entscheidung treffen. Ich beschließe, eine Nacht darüber zu schlafen.

Kapitel 12

»Zum Geburtstag viel Glück. Zum Geburtstag viel Glück. Zum Geburtstag, liebe Martha, zum Geburtstag viel Glück«, singt Pit, als wir das Krankenzimmer betreten. Sie braucht kein Glück, sondern eine verdammt plausible Erklärung, denke ich und ringe mir ein Lächeln ab.

»Auch von mir alles Gute«, sage ich und bleibe im Hintergrund.

»Gut siehst du aus, mein Junge. Ich mag es, wenn du deine Uniform trägst und ein glattes Gesicht hast.«

»Mach ein Foto, denn ab morgen wirst du keine Gelegenheit mehr haben, mich noch einmal in diesem Aufzug zu sehen.«

»Später, jetzt will ich erst diesen Knast verlassen. Bitte reich mir die Krücken rüber. Ihr werdet staunen, wie fit ich schon bin.«

Vor dem Haupteingang steht ein Streifenwagen. Pits Kollegin Steffi ruft: »Alles Gute zu Ihrem runden Ehrentag«, dann fahren die beiden Uniformierten davon.

»Wie lieb von dir, dass du mich fährst«, sagt das Geburtstagskind und steigt in mein Taxi. »Was ist mit deiner Hand passiert?«, fragt sie und schaut auf meinen Verband.

»Kleiner Küchenunfall«, antworte ich und schnalle mich an.

»Wohin geht die Reise? Pit hat es mir zwar schon gesagt, aber ich habe es schon wieder vergessen.«

»Last Minute nach Aruba.«

»In die Karibik, wie romantisch. Weißer Strand, Palmen und türkisblaues Meer, der ideale Ort für Frischverliebte.«

»Ja, wir freuen uns schon sehr.«

»Nicht halb so sehr wie ich mich für euch freue. Wirklich Dagmar, ich bin überglücklich, dass es endlich mit euch geklappt hat. Ihr passt so gut zusammen.«

Jetzt wäre die Gelegenheit, sie zu fragen, ob sie diese Freude auch verspürte, als Pit und Nathalie ein Paar waren, aber ich verkneife mir im letzten Moment meine Frage und erkundige mich nach ihrer Rehamaßnahme.

»Das mache ich ambulant. In Lüneburg gibt es eine Praxis für Physiotherapie, die sich mit solchen Fällen gut auskennt. Wenn ihr von eurer Reise zurück seid, kann ich bestimmt schon ohne Krücken gehen.«

Kurz bevor wir ihre Wohnstraße erreichen, greife ich zu meinem Handy und drücke die Kurzwahltaste vier. Ich lasse es nur einmal klingeln. Nach diesem Zeichen sollten die Gäste über unser Eintreffen informiert sein.

»Vermutlich ist es nicht sehr warm. Ich habe vor meiner Abreise die Heizung ausgestellt. Aber wenn ich den Kamin anzünde, wird es schnell muckelig in der Bude. Und dann koche ich uns einen richtigen Kaffee. Nicht so eine Plörre, wie es im Krankenhaus gab. Du bleibst doch noch?«

»Ja, ich bleibe noch«, antworte ich und stelle den Motor aus. Martha kann ohne Hilfe aussteigen. Sie bittet mich lediglich, ihre Tasche zu tragen, und geht voraus. Kurz nachdem sie die Haustür öffnet, erklingt ein lautes Geschrei. Eine Mischung aus *Hurra – Happy Birthday – Herzlich willkommen* und *Da ist sie ja*. Das hätten wir vorher einmal üben sollen, denke ich.

»Ja, seid ihr denn alle bekloppt? Wie könnt ihr mich so dermaßen erschrecken? Soll ich etwa einen Infarkt kriegen? Das könnte euch so passen! Ihr seid doch eine verrückte Bande! Wie zum Teufel seid ihr überhaupt ins Haus gekommen? Und wer hat den Tisch so feierlich gedeckt? Ich bin platt! Ihr seht mich völlig sprachlos!«

»Du und sprachlos? Der Witz war gut«, lacht die kleine Frau, die mit ihrer silbergrauen Perücke eine gewisse Ähnlichkeit mit der verstorbenen Schauspielerin Inge Meysel hat.

»Was habt ihr euch nur für Mühe gegeben?«

»Der Dank gebührt nicht uns, sondern Pits Freundin. Sie hat alles so nett hergerichtet.«

»Sie ist ein wahrer Goldschatz. Das habe ich euch doch schon gesagt.«

»Stimmt! Sie ist wirklich kein Vergleich zu ihrer Vorgängerin«, weiß Frau Meysel zu berichten.

»Wer möchte Sekt? Wer lieber Orangensaft?«, frage ich und reiche ein Tablett herum. Die Damenrunde entscheidet sich geschlossen für das Prickelwasser. Gut, dass ich eine ganze Kiste gekauft habe.

Nach der dritten Flasche lässt Martha die Hüllen fallen und präsentiert ihren Freundinnen ihre lange, dunkelrot leuchtende Narbe. Der Geräuschpegel nimmt von Minute zu Minute zu. Ich frage mich, wer wem überhaupt noch zuhört. Alle reden durcheinander, zwischendurch wird laut gelacht und gejohlt. Erst als ich verkünde, dass ich die letzte Flasche Sekt öffne, kehrt Ernüchterung ein, die in eine angenehme Stille mündet. Es folgt ein kollektives Auf-die-Uhr-Schauen, mit dem Ergebnis, dass alle beschließen, gemeinsam aufzubrechen.

»Ja, meine Landfrauen sind schon eine tolle Truppe«, sagt Martha und winkt ihnen nach. »Sie mögen dich und haben nur in höchsten Tönen von dir gesprochen.«

»Nathalie kam wohl nicht so gut bei ihnen an«, sage ich und wiederhole den Spruch von Frau Meysel.

»Da genügte ein Blick, um zu erkennen, dass diese Wolga-Tussi für meinen Jungen nicht gut genug ist.«

»Ihr mochtet sie nicht, weil sie Russin ist?«

»Wir mochten sie nicht, weil sie ihm das Herz gebrochen hat. Sie hat ihn ausgenommen wie eine Weihnachtsgans und als nichts mehr zu holen war, ist sie abgehauen.«

»Wohin ist sie gegangen?«

»Was weiß denn ich? Vermutlich hat sie sich ein neues Opfer gesucht, diese blutsaugende Zecke! Hier war es ihr ja nicht vornehm genug. Vermutlich lebt sie in München oder Düsseldorf, oder wo ist die Schickeria zu Hause?«

»Warum erzählst du mir das? Du weißt doch genau, wo sie steckt!«

»Was redest du denn? Ich hab keinen Schimmer, wohin es sie verschlagen hat. Wie kommst du auf die absurde Idee, ich würde das wissen?«

»Tust du mir einen Gefallen, Martha?«

»Alles, was in meiner Macht steht, meine Liebe.«

»Würdest du mir helfen, meinen Verband zu wechseln? Warte, ich hole nur rasch Verbandszeug.«

Ich stehe auf, verlasse das Wohnzimmer und komme mit dem Kasten aus ihrer Kommode zurück. Als ich den Deckel vor ihren Augen öffne, sage ich: »Bitte denk nicht, ich hätte geschnüffelt. Es war purer Zufall, dass ich darauf gestoßen bin. Aber nun habe ich die Briefe gefunden, und ich stelle dir nur die eine Frage: Warum hast du das getan?«

Ihr Gesicht wird kreidebleich. Sie ringt nach Worten.

»Weiß Pit davon?«

»Noch nicht.«

»Er darf es nicht erfahren. Bitte, Dagmar, versprich mir, ihm nichts zu sagen.«

»Nicht ich, du wirst es ihm sagen.«

»Niemals!«

»Sie ist nicht einfach gegangen. Du hast sie vertrieben!«

»Sie war eine billige Nutte! Nicht nur, dass sie Pit schamlos ausgenutzt hat, sie hat es ständig mit anderen Männern getrieben.«

»Sagt wer? Etwa deine Landfrauen? Waren sie dabei und haben die Lampe gehalten?«

»Sie wurde schwanger. Es reichte ihr nicht, Pit zur Hochzeit zu überreden, damit sie ein Aufenthaltsrecht bekommt, sie wollte ihm auch noch ein Kind unterjubeln. Da musste ich handeln! Er war doch so blind vor Liebe!«

»Sie hat ein Kind erwartet? Und du hast sie in diesem Zustand aus dem Haus getrieben?«

»Sie war nicht schwanger von Pit.«

»Was macht dich so sicher?«

»Pit wird nie eigene Kinder haben. Er ist im Alter von fünfzehn Jahren an Mumps erkrankt. Ich muss dir nicht sagen, was das zur Folge hat. Genau das habe ich auch ihr gesagt und sie vor die Wahl gestellt. Entweder sie geht freiwillig oder ich melde sie der Ausländerbehörde. Für fünftausend Euro war sie bereit, ihren Koffer zu packen.«

»Meine Güte, Martha, wie konntest du dich so in sein Leben einmischen? Wer hat dir das Recht gegeben, für ihn Schicksal zu spielen?«

»Es ist, wie es ist!«

»Nein, so einfach ist das nicht! Ich werde in diesem perfiden Spiel nicht deine Mitwisserin sein.«

Martha greift in den Kasten und nimmt den Stapel heraus. Sie geht in Richtung Kamin. Es gelingt mir, ihr in letzter Sekunde die Briefe wieder abzunehmen.

»Weißt du, was du aufs Spiel setzt? Du wirst ihn verlieren! Denk doch an euren Urlaub, an eure Zukunft. Er ist endlich über sie hinweg. Wenn du ihm die Briefe zeigst, wird er zu ihr fahren. Er wird sie zurückholen. Du wirst weiterhin nur die gute Freundin bleiben, für den Fall, dass sie es zulässt.«

»Das Risiko muss ich eingehen.«

»Warum bist du so dumm und trittst dein Glück mit Füßen?«

»Weil ich nicht aus meiner Haut kann. Das war schon immer so. Ich bin halt nicht skrupellos. Das müssen die guten Gene meiner Mutter sein. Ich werde jetzt fahren und die Briefe nehme ich mit. Ich wünsche dir noch einen schönen Geburtstag und hoffe für dich, dass Pit dir eines Tages verzeihen kann.«

Kapitel 13

»Ich sag nur: Aruba, Baby. Komm und stoß mit mir an. Dies ist der Cocktail, den wir in zwei Tagen literweise schlürfen werden. Das Rezept habe ich aus dem Internet. Wodka, Apricot Brandy, Ananassaft und ein Spritzer Grenadine – fertig ist der Absolute Lover. Und der Name ist Programm. Oh Daggi, ich kann es kaum erwarten, mit dir am Strand zu liegen.«

»Na, du hast wohl schon tüchtig probiert«, lacht sie gequält. Bestimmt hat sie gleich gemerkt, dass ich schon einen leichten Schwips habe, und das mögen Frauen bekanntlich gar nicht. Da ist meine Daggi keine Ausnahme.

»Wie war die Party mit den Landfrauen? Hast du dich gut amüsiert?«

»Die Überraschung ist gelungen.«

»Ich weiß, Martha hat vor zehn Minuten angerufen und mir erzählt, wie wunderbar du alles hinbekommen hast.«

»Hat sie sonst noch was gesagt?«

»Nee, sie hat uns noch einen schönen Urlaub gewünscht und mir hundertmal gesagt, dass ich ihr Bester bin. Ich glaube, sie hatte auch einen im Tee. Übrigens, ich hab schon gepackt. Von mir aus kann es sofort losgehen.«

»Sei nicht albern, Pit.«

»Freust du dich denn gar nicht? Aruba, Baby! Sonne, feiner Sand wie Puderzucker, Frühstück im Bett und …«

»Ich hab dich so lieb«, sagt sie und drückt mich ganz fest. Ich höre, wie sie durch die Nase schnieft und will sie ansehen, aber sie klammert sich an mich wie ein Äffchen.

»Was ist mit dir? Weinst du?« Sie nickt und ich spüre, wie ihre Tränen mein dünnes Hemd durchnässen. »Warum?«, frage ich sie schon zum zweiten Mal, aber sie gluckst nur, dass sie mich so lieb hätte.

»So sehr, dass es wehtut«, schluchzt sie nun noch lauter.

»Das höre ich gern, aber ich mag dich nicht weinen sehen.«

»Das geht gleich vorbei«, sagt sie, lässt von mir ab und geht ins Bad. Ich höre, wie sie sich laut schnäuzt. Als sie zurückkommt, ringt sie sich ein Lächeln ab. Es ist nicht das typische Daggi-Lächeln, das ich so an ihr mag. Es wirkt gekünstelt … unecht … unaufrichtig.

»Wie heißt der Drink? Absolute Lover? Nicht schlecht. Vielleicht sollten wir statt Ananassaft Orangensaft nehmen und ihn Lover Forever nennen. Ich glaube, der würde mir noch besser schmecken.«

»Dann ist es ja fast ein Sex on the Beach. Die Vorstellung, dich am Strand zu lieben, bringt mich sofort auf Touren!«

»Was hältst du von Sex in meinem Bett?«

»Jetzt? Wir wollen zu dir rübergehen?«

»Ja! Unbedingt!«

»Das lass ich mir nicht zweimal sagen.«

Mit Ausnahme von unserem kläglichen ersten Mal ist der Sex mit Daggi einfach fantastisch. Aber für das, was wir gerade erlebt haben, fehlen mir die Worte, um es angemessen zu beschreiben. Kurz gesagt, ich habe körperliche Liebe noch nie zuvor so intensiv erlebt.

»Daggi, was war das gerade? Du warst so hingebungsvoll, als würde es kein Morgen für uns geben«, sage ich und halte sie in meinem Arm.

»Die Befürchtung habe ich auch«, sagt sie und setzt sich auf.

»Sollte der unwahrscheinliche Fall eintreten und wir in dieser Nacht sterben, dann gehen wir mit der Gewissheit, dass wir die ultimative Nacht miteinander verbracht haben.«

»Hör auf rumzualbern! Das war kein Scherz, sondern bitterer Ernst.«

»Was willst du mir damit sagen?« Langsam kriecht die Panik in mir hoch. Will sie etwa den Urlaub absagen? Oder noch schlimmer, will sie mich in die Wüste schicken? »Du machst Schluss mit mir? Warum? Daggi, bitte sag doch was!«

»Ich muss dir etwas zeigen und ich habe eine Mörderangst, dass, wenn du es gesehen hast, nichts mehr so ist, wie es zwischen uns war.«

»Du machst mir auch gerade eine Mörderangst! Ich will nicht, dass sich etwas zwischen uns ändert. Es soll so bleiben, wie es ist. Zeig es mir einfach nicht und komm zurück ins Bett.«

Aber sie kommt nicht zurück, sondern geht in die Küche. Sie knipst das Licht an und kramt in ihrer Handtasche. Ich beobachte sie durch die geöffnete Tür und gebe keinen Mucks von mir. Trotzdem weiß sie, dass ich ihr nachgegangen bin, denn sie sagt: »Komm her und lies!« Sie legt einen Stapel Briefe auf den Tisch und erklärt, dass sie die heute aus Bardowick mitgebracht habe. »Sie sind alle an dich adressiert.«

»Was ist das? Alte Kontoauszüge oder Steuerbescheide? Du weißt doch, dass ich ein unterbezahlter Bulle bin. Die Zahlen sollten dich also nicht überraschen.«

»Es sind Briefe von Nathalie. Sie hat dir seit 2011 regelmäßig geschrieben. Martha hat die Post vor dir versteckt. Ich habe sie gestern rein zufällig gefunden, als ich nach einem Pflaster in ihrer Kommode gesucht habe.«

»Was schreibt sie?«

»Ich weiß es nicht. Die Briefe sind verschlossen.«

»Ich will sie nicht lesen! Das Kapitel ist abgehakt.«

»Bist du sicher?«

»Ganz sicher!«

»Auch wenn sie eine ganz andere Wahrheit für dich bereithalten würden?«

»Was denn für eine andere Wahrheit?«

»Dass sie dich nicht aus freien Stücken verlassen hat, sondern gezwungen wurde …«

»Ich denke, du hast die Briefe nicht gelesen. Woher nimmst du diese Weisheiten?«

»Martha hat sie wie einen Hund vom Hof gejagt!«

»Martha hat sie nie richtig in ihr Herz geschlossen, aber das, was du hier erzählst, ist absoluter Blödsinn.«

»Okay, dann vergessen wir das Ganze und gehen zurück ins Bett.«

»Wunderbar, du bist wieder bei Verstand. Ja, lass uns wieder ins Bett gehen und diese unnötige Unterhaltung schnellstmöglich vergessen.«

»Nenn mich ruhig verrückt, aber ich musste es dir sagen. Diese Briefe hätten immer zwischen uns gestanden.«

»Schlaf jetzt, du verrücktes Huhn!«

Sie tut mir nach zehn Minuten den Gefallen, ich hingegen finde keine Ruhe und höre Daggi noch stundenlang beim Schnarchen zu.

»Cheese! Und nochmal! Cheese!«

»Es reicht! Du hast genug Gruselfotos von mir geschossen.«

»Davon werde ich einen Kalender drucken lassen und ihm den Titel geben: The sexiest Cop alive«, lacht Daggi und legt ihre Kamera beiseite.

»Formuliere um und schreibe: The sexiest Cop in my life, und ich bin einverstanden.«

»Wie wirst du deinen letzten Tag in Uniform begehen? Dienst nach Vorschrift oder macht ihr vom Revier eine Sause?«

»Beides! Steffi holt mich später ab. Nach Feierabend gebe ich den Jungs und Mädels noch einen aus.«

»Melde dich, wenn ich dich abholen soll.«

»Es wird nicht spät. Schließlich will ich morgen fit sein, wenn wir ins Paradies starten. Und was machst du? Wie sieht dein letzter Tag aus?«

»Vielleicht gehe ich mit Becca zum Frühstücken. Es sei denn, sie sagt wieder kurzfristig ab.«

»Sollte es klappen, ruf lieber du mich an und ich hol dich ab.«

»Warum denn das?«

»Na, darf ich dich an eure Sauforgien erinnern?«

»Das war Kummerbewältigung, und weil wir beide jetzt wunschlos glücklich sind, besteht die Gefahr eines Saufgelages nicht.«

Daggi ist seit zehn Minuten fort und ich starre genau seit zehn Minuten auf den Stapel Briefe. Nein, ich werde sie nicht lesen. Ich werde sie ungeöffnet verbrennen, genau wie ich es mit Nathalies anderen Sachen gemacht habe. Endlich klingelt es. Zweimal kurz und einmal lang. Steffi ist da und ich laufe die Treppen im Schnelltempo runter.

»Was liegt an?«, frage ich.

»Wir machen uns einen gemütlichen Vormittag. Radarkontrolle auf der Autobahnbrücke und dazu gibt es leckere Mettbrötchen.«

»Ja, genauso habe ich mir meinen letzten Arbeitstag vorgestellt.«

»Du könntest wenigstens so tun, als würde dir der Abschied ein bisschen schwerfallen.«

»Nee, ich werde nicht heucheln.«

»Aber du wirst auch nicht wieder pausenlos über Aruba sprechen. Wenn doch, muss ich dich leider in Gewahrsam nehmen und dich in die Ausnüchterungszelle verfrachten.«

»Halt den Ball flach und zähl meine Sterne!«

»Was sind das für Umschläge in deiner Hand? Hast du uns etwa allen einen Abschiedsbrief geschrieben? Wir werden dir also doch fehlen, du alter Heuchler.«

»Es sind gesammelte Werke von Nathalie.«

»Von deiner Ex? Wo kommen die denn auf einmal her? Sag bloß, da läuft wieder was zwischen euch? Und was sagt deine schöne Nachbarin dazu?«

»Es sind alte Briefe.«

»Und was steht drin? Nun sag schon! Schließlich durfte ich mir in unserem ersten Jahr Tag für Tag dein Gejammer wegen dieser Person anhören. Ich bin ein Insider und an der Fortsetzung schwer interessiert.«

»Ich hab sie nicht gelesen. Sie sind noch verschlossen.«

»Worauf wartest du denn? Mach schon auf!«

»Ich weiß nicht, ob ich wissen will, was drin steht.«

»Na, ich aber! Gib schon her!« Steffi greift den ersten Umschlag und reißt ihn auf, ohne zu zögern.

»Lass das!«, fahre ich sie schroff an, aber sie weigert sich, mir den Brief wiederzugeben.

»Wer ist denn das?«, fragt sie und zieht eine Fotografie hervor. Sie zeigt einen kleinen Jungen, der das Trikot der deutschen Nationalmannschaft trägt.

»Gib das sofort her!«, fordere ich nun energischer und sie gibt mir den Umschlag und das Foto zurück. Die Rückseite des Bildes trägt ein handschriftliches Datum. Wieso schickt sie mir ein Kinderbild? Mit zittrigen Händen ziehe ich den Brief aus dem Umschlag. Es ist lediglich ein kleiner DIN-A5-Bogen, auf dem nur wenige Zeilen stehen, die offensichtlich mit einer Schreibmaschine geschrieben wurden.

> *Mein lieber Pit,*
> *ich sende dir ein aktuelles Foto von unserem Sohn. Ich habe es für dich an Bastians drittem Geburtstag aufgenommen. Er glaubt, dass er das Trikot mit der Nummer sieben von dir bekommen hat. Er vermisst dich, und er braucht dich. Wir vermissen dich! Wann springst du endlich über deinen Schatten und vergibst mir?*
> *In ewiger Liebe, Nathalie*
> *PS: Du findest uns auf Facebook unter PitNatBas.*

»Sie schreibt, dieses Kind sei mein Sohn. Er heißt Bastian und trägt die Nummer sieben.«

»Ein kleiner Schweini. Wie niedlich«, lacht Steffi albern.

»Er wurde am dreiundzwanzigsten Mai vor drei Jahren geboren. Kann das sein? Nun rechne doch mal mit!«

»Du bist Papa! Ich gratuliere dir.«

»Ist das zu glauben?«

»Glaub es, der Bengel sieht dir wie aus dem Gesicht geschnitten ähnlich.«

»Findest du?«

»Er ist dein Ebenbild, nur in klein.«

Ich kann nicht länger im Wagen sitzen. Ich brauche dringend frische Luft. Kontrolliert atme ich ein und aus, nur um nicht Gefahr zu laufen, gleich zu hyperventilieren.

Ich weiß nicht, wie lange ich mich schon am kalten Brückengeländer festhalte. Ich habe jedes Zeitgefühl verloren. Gleich werde ich den Verstand verlieren.

»Das kann doch nicht wahr sein«, brülle ich in den lauten Verkehr. Nach vier Jahren der Qualen bin ich endlich wieder glücklich und fühle mich wohl. Und wie aus heiterem Himmel wird mir wieder der Boden unter den Füßen weggezogen. – Ich habe einen Sohn. Ich bin Vater.

»Pit! Ende der Aktion. Es geht zurück zur Wache«, ruft Steffi mir zu. »Die Kollegen erwarten dich schon.«

»Bitte kein Wort zu ihnen. Versprich es mir!«

»Na sicher! Hab ich jemals etwas ausgequatscht? Du konntest dich immer auf mich verlassen und das bleibt auch so. Auch wenn du künftig ein arrogantes Kripo-Arschloch sein wirst, ich werde immer ein offenes Ohr für dich haben. Einmal Partner, immer Partner.«

»Zum Wohl und lasst es euch schmecken«, sage ich und trete vorsichtig den Rückzug an.

»Wohin so schnell?«, ruft der Dienststellenleiter mir nach, aber ich überhöre ihn einfach und verlasse die Wache, ohne mich noch einmal umzudrehen. Ich nehme den Bus und lese während der Fahrt zum Hauptbahnhof drei weitere Briefe. Der erste stammt aus dem Jahr 2011.

> *Mein lieber Pit,*
> *ich konnte das Leben im Haus deiner Großmutter nicht mehr länger ertragen. Bevor ich mich weiter der Gefahr ausgesetzt hätte, von ihr an die Ausländerbehörde verraten zu werden, bin ich nach Moskau geflogen und bei meiner Tante untergekommen. Hier habe ich gute Beziehungen und kann schneller ein neues Visum erhalten. Bitte schicke mir Geld. Ich brauche dreitausend Euro. Sende es per Western Union. Und bitte sofort, damit ich schnell wieder bei dir sein kann.*
> *In Liebe, Nathalie*

»Pah!« – Mehr fällt mir dazu nicht ein!

Der zweite Bettelbrief wurde 2012 verfasst und beinhaltet ein Foto von der hochschwangeren Nathalie.

> *Mein lieber Pit,*
> *wie kannst du mich so hängen lassen? Ich trage dein Kind unter dem Herzen und warte jeden Tag auf eine Nachricht von dir. Die Schulden bei meiner Tante betragen bereits zehntausend Euro und sie ist nicht gewillt, mich weiter zu unterstützen. Wenn du mir nicht umgehend Geld schickst, kommt unser Baby hier zur Welt, und es wird noch teurer werden, legale Visa zu bekommen. Sehnst du dich denn gar nicht nach mir? Ich denke jeden Tag an dich und weine mich jede Nacht in den Schlaf. Du hast gesagt, du liebst mich! Und ich liebe dich. Ich will endlich*

wieder bei dir sein. Sende das Geld per Western Union. Tu es bald! Ich habe nicht mehr viel Zeit.
In Liebe, Nathalie

»Miststück! Martha hatte ganz recht!« Eigentlich kann ich mir weitere Briefe ersparen, aber weil der dritte Umschlag das Bild eines Neugeborenen enthält, lese ich ihn doch.

Mein lieber Pit,
in meiner schwersten Stunde hast du mich allein gelassen. Aber ich will dir nicht böse sein. Du hast mir diesen wundervollen Jungen geschenkt, dafür werde ich dir bis in alle Ewigkeit dankbar sein. Ich habe ihm den Namen Bastian gegeben. In Erinnerung an unsere schöne Zeit, in der du jedes Fußballspiel der deutschen Nationalmannschaft mit mir angesehen hast. Mein größter Wunsch wäre es, wenn Bastian bald deinen Namen trägt. Bastian Hartung. Klingt das nicht gut? Bitte sende mir fünfzehntausend Euro. Ich muss die Rechnung vom Krankenhaus begleichen. Schicke das Geld per Western Union. Dein Sohn und ich küssen und umarmen dich.
In Liebe, Nathalie

Was mache ich nur mit diesem Dreck? Aber wenn der Kleine tatsächlich mein Sohn ist, kann ich die Bilder doch nicht einfach verbrennen. Aber zu Hause will ich sie auch nicht aufbewahren. Diese Briefe sollen nicht zwischen uns stehen, hat Daggi gesagt, und sie hat recht.

»Endstation Hauptbahnhof«, ertönt die Durchsage. Ich verlasse den Bus und gehe in das Bahnhofsgebäude. Dort, wo sich Stricher, Junkies und Obdachlose rumtreiben, nehme ich mir ein Schließfach und verstaue den Stapel Post, von dem ich mir wünsche, dass mein Schatz ihn nie gefunden hätte. Alle gelesenen Briefe und auch

die ungeöffneten wandern ins Fach, mit Ausnahme des Fotos, auf dem der Kleine das Fußballtrikot trägt, das verstecke ich in meiner Brieftasche.

Kapitel 14

Weil ich nicht so dumm bin, zwei Wochen auf Einkünfte zu verzichten, übergebe ich meinen Wagen an Yasemin. Sie besitzt einen Taxenschein und wird die kommenden zwei Wochen nicht nur für Umsatz sorgen, sondern uns auch zum Flughafen bringen und wieder abholen. Unsere Reise ins Paradies startet in Hamburg, führt uns über Frankfurt und New York, bis wir nach zweiunddreißig Stunden auf dem Queen-Beatrix-International-Airport auf Aruba landen. Dann geht es mit dem Bus weiter ins zwölf Kilometer entfernte Resort.

»Eineinhalb Tage im Flieger eingesperrt zu sein, wäre nichts für mich. Warum fliegt ihr nicht auf die Kanaren? Da herrscht auch im Dezember gutes Wetter«, fragt meine Aushilfsfahrerin.

»Ganz einfach, weil mein Schatz mich nach Aruba eingeladen hat. Wer würde dazu schon Nein sagen?«

Für mich ist es die erste Fernreise, für ihn sogar die erste Flugreise. Demzufolge bin ich es, die das Kommando an den Flughäfen übernimmt. Einchecken und auf den Anzeigetafeln schauen, von welchem Gate unsere Anschlussflüge abgehen, das Gepäck am richtigen Schalter aufgeben und so weiter.

Bis New York genieße ich unseren Trip. Wir haben zwei Stunden Aufenthalt und können uns auf dem JFK Airport die Füße vertreten, einen Hamburger verdrücken und uns in den Waschräumen frisch machen. Aber nach zwanzig Stunden empfinde ich die Anreise nur noch als Qual. Mir schmerzt der Rücken und meine Füße schlafen ständig ein, was an der beengten Sitzsituation in der Holzklasse liegt. Ich habe in meinem ganzen

Leben noch nie so viel Tomatensaft getrunken, denn anders als Pit verzichte ich auf Alkohol.

Den ersten Cocktail trinke ich an Tag drei an der Hotelbar, denn entgegen meiner Befürchtung haben wir unser Ziel doch noch irgendwann erreicht. Völlig erledigt sind wir ins Bett gefallen und haben dreizehn Stunden am Stück durchgeschlafen.

Nachdem unsere Batterien wieder aufgeladen sind, stimme ich Pit voll und ganz zu: Es hat sich gelohnt. Allein der traumhafte Blick von unserem Balkon entschädigt uns für die Strapazen. Das Hotel hat direkte Strandlage, aber auch das Resort bietet zahlreiche romantische Plätze. Das Essen in den beiden Restaurants kann es mit jeder Sterneküche aufnehmen. Morgens und mittags bedienen wir uns am Buffet, abends speisen wir unter freiem Himmel à la carte.

Heute feiern wir nicht nur unser Bergfest, sondern auch Heiligabend. Noch vor dem Frühstück greift Pit zum Telefon und ruft bei Martha an, um ihr ein frohes Fest zu wünschen. Ich sitze neben ihm und höre, wie er von unserem Urlaub schwärmt. Als ich ihm leise zuflüstere, dass er sie von mir grüßen soll, reicht er mir das Telefon und sagt: »Martha möchte selbst mit dir sprechen.« Auch das noch! Warum bin ich nicht unter die Dusche gegangen, wie ich es vorhatte?

»Frohe Weihnachten, Martha.«

»Das wünsche ich euch auch.«

»Wie wirst du den heutigen Tag verbringen?«

»Ich erwarte Besuch von zwei Freundinnen. Ich habe für uns gekocht. Es gibt Ente mit Klößen und Rotkohl. Ganz klassisch.«

»Klingt lecker. Das ist auch mein Lieblingsgericht. Wir gehen jetzt frühstücken.«

»Was? Erst jetzt? Habt ihr den ganzen schönen Tag verschlafen?«

»Nein, hier ist es erst neun Uhr am Morgen. Die Zeitverschiebung. Verstehst du? Zwischen uns liegen fünf Stunden Zeitunterschied.«

»Natürlich. Wie dumm von mir.«

»Also gut, Martha, dann hab viel Spaß.«

»Dagmar, bitte leg noch nicht auf.« Scheiße, jetzt kommt's.

»Hast du?«

Sie spricht nicht in Rätseln. Ich weiß genau, was sie von mir wissen will, und deshalb antworte ich geradeheraus. »Ja, hab ich.«

»Du hast ihm wirklich die Briefe gegeben? Wie hat er reagiert?«

»Anders, als du es vorausgesagt hast.«

»Und? Hat er sie gelesen?«

»Nein, Pit hat kein Interesse an ihren Zeilen. Er hat die Briefe ungelesen vernichtet. So, jetzt mache ich aber Schluss. Bis bald, Martha. Und nochmal, ich wünsche dir ein geruhsames Weihnachtsfest.«

Ich lege auf und gebe ihm sein Handy zurück. Warum schaut er mich so seltsam an?

»Habe ich etwas Falsches gesagt? – Sie wollte wissen, ob du die Briefe gelesen hast, und ich hab nur gesagt …«

»Ich hab gehört, was du gesagt hast. Können wir das Thema jetzt bitte ad acta legen?«

»Aber ja. Ich hab nicht damit angefangen!«

»Das hab ich dir ja auch nicht unterstellt!«

»Es klang aber so!«

»Sollte es aber nicht!«

»Hat es aber!«

»Was wird das hier? Wollen wir tatsächlich streiten?«

»Nein, komm, lass uns frühstücken gehen. Ich habe Durst auf Kaffee.«

Schweigend sitzen wir uns gegenüber. Irgendetwas liegt in der Luft. Harmonie ist es nicht. Anders geht es am Nebentisch zu. Dort sitzt eine amerikanische Familie. Vater, Mutter und Sohn genießen das Frühstück in ausgelassener Stimmung. Es herrscht absolute Eintracht zwischen dem Paar. Sie erzählt, er lacht, und der kleine Bengel zieht ständig Grimassen. Schon wieder schaut er zu uns rüber und macht Faxen. Ich reagiere gar nicht, aber Pit steigt auf sein Spielchen ein und zieht auch eine Fratze. Der Junge will sich kaputtlachen.

»Sorry«, sagt die Mutter zu uns und fordert ihren Filius auf, uns in Ruhe frühstücken zu lassen.

»No problem«, sagt Pit zu ihr und lächelt. Ich versuche es auch mit Konversation und frage ihn, ob wir an den Strand oder uns nach dem Frühstück an den Pool legen wollen.

»Mir egal, entscheide du«, antwortet er knapp und richtet seine Aufmerksamkeit wieder auf den Nebentisch.

»Vielleicht unternehmen wir heute mal was getrennt voneinander. Wir müssen ja nicht ständig wie siamesische Zwillinge zusammenhocken«, sage ich schnippisch und hoffe, ihn mit diesem Vorschlag aus der Reserve zu locken. Aber statt mir zu widersprechen, wie ich es felsenfest erwartet habe, stimmt er mir bereitwillig zu.

»Okay«, sagt er, ohne mich anzusehen.

»Na dann«, antworte ich, obwohl das gar keine richtige Aussage ist. Ich beende das Frühstück nach meiner zweiten Tasse Kaffee und erhebe mich vom Stuhl. Erst jetzt scheint er zu merken, dass er nicht allein am Tisch sitzt.

»Was hast du vor?«

»Ich geh jetzt kacken.«

»Prima! Dann kannst du mir ja beim Mittagessen berichten, ob du erfolgreich warst, und mich über Menge, Konsistenz und Farbe informieren. Das wäre doch ein interessantes Gesprächsthema für eine Mahlzeit.«

»Ich mach ein Foto für dich«, sage ich beleidigt und gehe aufs Zimmer.

Vor dem großen Spiegel creme ich meinen Körper mit Sonnenmilch ein, dann renne ich eine Weile splitternackt durch den Raum. Erst als meine Haut sich nicht mehr backig anfühlt, ziehe ich meinen Bikini an und werfe mir mein dünnes Strandkleid über. Aber ich gehe nicht zum Strand, sondern halte nach einer freien Liege an der Poolbar Ausschau.

Nach einem halbstündigen Sonnenbad lege ich eine Pause ein, gehe an die schattige Bar und bestelle mir einen Saft. Neben mir sitzt eine Frau, die eine Zigarette nach der anderen raucht.

»Oh, I am sorry«, entschuldigt sie sich, nachdem sie mir bereits zum zweiten Mal ihren Rauch ins Gesicht geblasen hat. Sie winkt nach der Bedienung und sagt: »I will more!« Dann klopft sie mit dem Finger an ihr leeres Glas und stellt es auf dem Tresen ab. I will more? Das sagt doch kein Mensch. Zu gern möchte ich wissen, woher sie kommt, und frage sie direkt.

»From Germany.«

»Dachte ich mir doch«, lache ich.

»Endlich treffe ich jemanden, der meine Sprache spricht. Ich heiße Imke und komme aus Osnabrück«, sagt sie und bietet mir eine Zigarette an. »Und du?«

»Dagmar aus Hamburg, aber ich rauche nicht.«

»Aber du nimmst einen Drink mit mir, oder? Ich habe schon den dritten intus.«

»Ist es dafür nicht etwas zu früh?«

»Ich habe den Weihnachtsblues! Wie konnte ich nur auf die wahnwitzige Idee kommen, zu dieser Zeit in die Karibik zu fliegen. Ich will, dass es nach Tanne und nicht nach Kokos riecht!«

»Ich mag Kokos.«

»Dann trink eine Piña Colada!«

»Na, du bist ja wirklich bester Laune.«

»Tut mir leid, dass ich meinen Frust an dir auslasse. Aber ich habe gerade eine Stinkwut auf meinen Freund. Erst schleppt er mich ans Ende der Welt und dann kümmert er sich kein Stück um mich. Wenn ich das gewusst hätte, wäre ich zu Hause geblieben und hätte meine Kinder nicht bei meinen Eltern abgestellt.«

»Warum macht ihr ohne Kinder Urlaub?«

»Das ist kein Urlaub, sondern eine Bonusreise, die er sich für seinen überdurchschnittlichen Erfolg in seiner Firma verdient hat.«

»Verstehe. Aber wie heißt es so schön? Einem geschenkten Gaul guckt man nicht ins Maul.«

»Da kommt er! – Bah! Natürlich hat er wieder seine Jünger im Schlepptau! Es wäre ja auch zu schön, wenn sie uns mal für eine Stunde Privatsphäre gönnen würden. – Mister? I will one more!«

Imkes Freund tritt in Begleitung von drei anderen Männern an die Bar. Er streicht ihr über den Arm und fragt, ob sie sich gut unterhalten hätte.

»Das ist Dagmar aus Hamburg«, stellt sie mich ihm vor.

»Dagmar … und weiter?«, fragt er. Mich stört die Art, wie er mich ansieht. Überhaupt wirkt er sehr unsympathisch auf mich, fast bedrohlich, und ich weiß auch, warum. Seine Kette, die er unter seinem offenen Hemd zur Schau stellt, ist der Grund.

»Da reist man ans Ende der Welt und selbst hier hat man keine Ruhe vor euch!«, schimpfe ich und verlasse augenblicklich die Bar.

»Na, hast du dich ausgekackt? – Daggi, wo steckst du?« Sie ist nicht auf dem Zimmer. Tatsächlich scheint sie sauer auf mich zu sein, denn sie ist wirklich ohne mich losgezogen. Wie sauer sie erst sein wird, wenn sie erfährt, dass ich die Briefe nicht entsorgt habe, wie ich es behauptet habe, sondern in einem Schließfach aufbewahre. Besser gesagt: vor ihr verstecke, denn das trifft es wohl eher.

Ja, ich werde ihr davon erzählen. Ihr sagen, dass ich Vater bin. Mein Sohn ist dreieinhalb Jahre alt, genau wie der kleine David, der mit seinen Eltern am Nebentisch gefrühstückt hat. Ob Bastian auch so ein aufgeweecktes Kerlchen ist? Ob er mich überhaupt verstehen würde? Vielleicht spricht er auch nur Russisch.

Heute ist Heiligabend und irgendwo in Moskau wird ein kleiner Junge Geschenke auspacken. Vielleicht wird Nathalie ihm wieder eins geben und ihm sagen, dass es von seinem Papa ist. Obwohl ich weiß, dass mich keine Schuld trifft, fühle ich mich schlecht. Wenn ich früher erfahren hätte, dass es ihn gibt, dann … Ja, was dann? Eine Woche lang habe ich dieses Thema erfolgreich ausgeblendet. Nun ist es wieder gegenwärtig. Warum mussten Martha und Daggi auch wieder von den Briefen anfangen? Was hatte Nathalie in einem ihrer Briefe geschrieben? Du findest uns auf Facebook unter PitNatBas. Ich bin nicht bei Facebook. Noch nicht!

Ich nehme mein Smartphone zur Hand und eröffne in wenigen Schritten einen eigenen Account. Mein Username lautet Pitdaddy. Klingt wie Puffdaddy, aber der Name war noch frei. Meine Suche nach PitNatBas ergibt einen Treffer. Ich erkenne Nathalie auf dem Profilbild, aber mehr ist nicht zu erkennen. Für den Fall, dass ich den Inhalt ihrer Seite ansehen will, muss ich ihr erst eine Freundschaftsanfrage stellen. Wie absurd! Ich ärgere mich über das Wort Freundschaftsanfrage, denn dass wir in diesem Leben nochmal Freunde werden, ist so ausgeschlossen wie die Möglichkeit, dass die SPD bei der nächsten Bundestagswahl die absolute Mehrheit erhält.

Ich klicke auf den besagten Button und warte darauf, dass nun die Inhalte sichtbar werden, aber ich erhalte nur den Hinweis, dass meine Freundschaftsanfrage versendet wurde. Jetzt heißt es abwarten.

Ich höre, dass sich die Zimmertür öffnet, und stelle mein Handy sofort aus. Daggi scheint noch immer wütend zu sein, denn sie wirft ihr Handtuch aufs Bett und schleudert ihre Schuhe aufgebracht durchs Zimmer.

»Wo warst du?«, frage ich zaghaft.

»Am Pool! Aber da kriegen mich keine zehn Pferde wieder hin.«

»Hat man dich angemacht?«

»Nee, nicht direkt. Aber da hängen so viele Spinner rum, mit denen ich nichts zu tun haben will.«

»Amis?«

»Nee, Deutsche.«

»Ach Daggi, wollen wir uns den Tag wirklich mit schlechter Laune vermiesen? Was hältst du davon, wenn wir beide an den Strand gehen. Bitte komm und lass uns wieder siamesische Zwillinge sein.«

Wie wunderbar, dass sie nicht nachtragend ist. Sie lächelt und stimmt mir zu. Der Tag ist gerettet.

»Drinnen oder draußen«, frage ich sie am Abend. Daggi möchte auf der Terrasse speisen. Der Ober geht voraus und zeigt uns einen freien Tisch in erster Reihe.

»Hallo Dagmar«, höre ich eine Frauenstimme rufen. Sie sitzt mit drei Herren an einem Vierertisch und winkt uns zu.

»Haben Sie noch einen anderen Platz?«, fragt Daggi den Ober.

»Warum? Der Tisch ist doch super? Von hier können wir direkt auf den Strand sehen.« Mürrisch setzt sie sich hin. Ich bestelle uns eine Flasche Weißwein und studiere die Menükarte, als uns die Frau vom Nebentisch bittet, ein Foto von ihr und ihren Begleitern zu machen.

»Kein Problem«, sage ich und nehme ihr den Apparat aus der Hand.

»Und jetzt mache ich eins von Ihnen, ja?«, sagt sie und schaut durch ihre Kamera.

»Nein!«, ruft Daggi und springt vom Stuhl auf. Nicht nur das. Sie stürmt wie eine Furie auf die Frau zu und reißt ihr den Fotoapparat aus der Hand. »Scheiße! Eine Digitalkamera«, flucht sie und rennt wie von Sinnen zum Strand. Fassungslos schaue ich ihr nach.

»Was hat sie denn vor?«, fragt die Frau entsetzt. Ich fühle mich genötigt, Daggi nachzugehen. Sie steht mit Schuhen im Wasser und hantiert völlig aufgelöst an dem Fotoapparat herum.

»Was machst du denn? Bist du verrückt?«

»Wie löscht man das?«, schreit sie panisch.

»Komm aus dem Wasser und gib mir den Apparat!«

Doch sie denkt nicht daran, zurückzukommen. Als sie ausholt und die Kamera im hohen Bogen in die Fluten wirft, glaube ich, dass sie den Verstand verloren hat. Endlich kommt sie aus dem Wasser, zieht ihre Schuhe aus und geht schnurstraks an mir vorbei. Ich folge ihr und sehe, wie sie zu dem Vierertisch geht und brüllt: »Wagen Sie es nicht, mich noch einmal zu fotografieren!«

»Was haben Sie mit meiner Kamera gemacht?«

»Das billige Ding werden Sie wohl verschmerzen können! Sollte ich Sie nochmal mit einem Fotoapparat in meiner Nähe erwischen, fliegt auch der in die Fluten. Haben Sie mich verstanden?«

»Die ist ja völlig durchgeknallt«, sagt einer der Männer am Tisch. Ich muss ihm zustimmen und entschuldige mich förmlich.

»Ich werde Ihnen die Kamera ersetzen. Sagen Sie mir, welche Zimmernummer Sie haben, und ich werde für den Schaden geradestehen.«

»Das wirst du schön lassen«, faucht Daggi mich an und ruft den Kellner. Sie bittet ihn, uns einen anderen Tisch zuzuweisen. Ich weiß nicht, ob das noch nötig ist, denn mein Appetit hat sich nach dieser Aktion komplett verabschiedet.

»Kannst du mir bitte mal sagen, was in dich gefahren ist? Dein Auftritt war mehr als peinlich.«

»Tut mir leid«, sagt sie und ich weiß, dass es ihr nicht die Spur leidtut.

»Warum hast du das gemacht?«

»Ich lass mich nicht gern von Fremden fotografieren. Glaubst du, ich will mich in irgendwelchen sozialen Netzwerken wiederfinden?«

»Das ist die blödeste Erklärung, die ich je gehört habe.«

»Aber sie trifft zu!«

»Dann hätte es ja wohl genügt, ihr freundlich zu sagen, dass du nicht fotografiert werden möchtest.«

»Bei diesen Leuten kommt man mit Freundlichkeit nicht weiter. Ich nehme das Rumpsteak mit Bohnen, und du?«

»Ich auch«, antworte ich und kann immer noch nicht glauben, was sie sich geleistet hat.

Bevor wir schlafen gehen, unternehme ich noch einmal einen Versuch, mir ihr Benehmen erklären zu lassen.

»Reite doch nicht weiter darauf rum«, bittet sie mich.

»Aber ich hätte große Lust auf einen Ritt«, lache ich und sie versteht sofort. Mit ausgestrecktem Arm öffnet sie die Schublade vom Nachtkästchen und zieht die Packung mit Kondomen heraus.

»Brauchen wir die wirklich?«, fragt sie und schaut mich mit großen Augen an.

»Ohne wäre doch ziemlich riskant. Oder legst du es darauf an, schwanger zu werden?«

»Das wird nicht passieren.«

»Du nimmst erst seit wenigen Tagen die Pille.«

»Willst du diskutieren oder …?«

»Dann lieber oder!«

Daggi schlägt vor, dass wir unsere Verwöhngutscheine einlösen, die in unserem All-inklusive-Paket enthalten sind. Mir steht nicht der Sinn nach einer halbstündigen Teilmassage und so trete ich meinen Voucher großzügig an sie ab. Für die Dauer der Behandlung, in der sie nun eine einstündige Ganzkörpermassage genießen kann, setze ich mich an die Poolbar und gönne mir einen Absolute Lover.

»An das Gesöff kann man sich gewöhnen«, sage ich zu der Dame, die neben mir auf dem Barhocker sitzt. Erst auf den zweiten Blick erkenne ich sie. Es ist die Urlauberin, die dank meiner Freundin

nun keinen Fotoapparat mehr hat. Noch einmal setze ich an, mich bei ihr zu entschuldigen.

»Ich möchte Ihnen die Kamera gern ersetzen. Wie teuer war das Gerät?«

»Schwamm drüber. Dagmar hatte recht, es war ein billiges Teil.«

»Trotzdem. Ihr Verhalten war sehr überzogen.«

»Wo ist sie jetzt?«

»Im Spa. Sie lässt sich verwöhnen.«

»Ich kenne gar nicht Ihren Namen.«

»Ich heiße Pit Hartung.«

»Hallo Pit, ich bin Imke aus Osnabrück. Sind Sie und Dagmar miteinander verheiratet?«

»Nein, sind wir nicht. Noch nicht!«

»Ach, ich dachte, Sie wären auf Hochzeitsreise. Trinken Sie noch einen mit mir?«

»Besser nicht. Aber Ihnen würde ich gern einen ausgeben.«

»Lassen Sie Ihr Portemonnaie ruhig stecken. Alles, was ich verzehre, geht auf Niemanns Kosten. Der Boss meines Freundes soll ruhig ordentlich bluten. – I will one more, please!«

»Niemann? So heißt meine Freundin auch mit Nachnamen.«

»Na sicher. Sie ist die Tochter vom Boss, und wenn sie noch nicht verheiratet ist, dann wird sie wohl immer noch so heißen.«

»Kommst du?«, ruft Daggi. Sie schaut nach ihrer Massage nicht sehr entspannt aus. »Was wollte sie von dir? Worüber hat sie mit dir gesprochen?«

»Ihr Freund arbeitet für deinen Vater. Wusstest du das?«

»Ja.«

»Was macht dein Vater geschäftlich?«

»Im- und Export.«

»Und was im- und exportiert er?«

»Müssen wir jetzt über ihn reden?«

»Nö, müssen wir nicht.«

Warum rennt die zweite Urlaubswoche immer schneller als die erste? Ehe man sichs versieht, muss man schon wieder die Koffer packen. Im Resort wird alles für den bevorstehenden Silvesterabend vorbereitet. Pit und ich werden den Jahreswechsel über den Wolken verbringen. Wehmütig nehmen wir Abschied und beschließen unseren ersten gemeinsamen Urlaub im Paradies mit einem langen Strandspaziergang.

»Wir kommen wieder«, sagt er zum Portier, der uns die letzten Tage immer wieder mit Tipps zur Seite gestanden hat. Er bekommt noch ein saftiges Trinkgeld, dann besteigen wir den Bus, der uns zum Flughafen fährt.

»Jetzt bin ich blank«, sagt mein Schatz. »Aber jeder einzelne Euro hat sich gelohnt.«

Kapitel 15

Mit reichlich Verspätung landen wir in Frankfurt und müssen feststellen, dass der Anschlussflug ohne uns stattgefunden hat. Ich will Yasemin Bescheid geben und ihr sagen, dass wir erst eine Stunde später als geplant in Hamburg eintreffen werden, aber mein Handy liegt dummerweise im Koffer.

»Da liegt es gut«, veralbert Pit mich. Statt dumme Sprüche zu machen, bitte ich ihn, mir seins zu geben.

»Auch einen Kaffee?«, fragt er und ich nicke. Während er vor dem Coffeeshop auf unsere Espressi wartet, stelle ich sein Handy an. Es piept ununterbrochen und ich frage mich, wer ihm so viele Nachrichten geschickt hat. Offensichtlich Nachrichten über Facebook, denn auf dem Symbol dieser App leuchtet die Zahl zwölf. Ich erreiche Yasemin sofort und sage: »Frohes neues Jahr. Wir sind gerade in Frankfurt gelandet.«

»War's denn schön?«

»Schön? Das wäre maßlos untertrieben. Es war traumhaft«, sage ich und grinse. »Einen ausführlichen Bericht bekommst du, wenn du mir den Wagen übergibst. Du brauchst dich nicht zu beeilen. Wir landen erst eine Stunde später. Sonst bleibt alles wie besprochen.« Ich sehe Pit auf mich zukommen und sage: »Ich muss jetzt Schluss machen. Also bis später.«

»Pass auf, ist heiß«, sagt er und reicht mir einen kleinen Pappbecher.

»Seit wann hast du eine Facebook-App? Sagtest du nicht, du hältst nichts von diesem Verein?«

»Die App war schon vorinstalliert«, sagt er und reißt mir auffällig hastig das Telefon aus der Hand.

»Komisch, du hast nämlich zwölf Nachrichten erhalten. Wie kann das sein, wenn du gar nicht bei Facebook angemeldet bist?«

»Verhörst du mich?«

»Ich hab dir lediglich eine Frage gestellt.«

»Du klingst wie ein Bulle, der einen Verdächtigen verhört. Du solltest dich auch bei der Kripo bewerben. Dann wären wir Kollegen und könnten ein Team bilden. Stell dir nur mal vor, wir würden zusammenarbeiten. Wie wär das?«

»Ich wäre bestimmt gut in dem Job. Denn ich habe ein feines Gespür und merke sofort, wenn jemand lügt, und du lügst mich gerade ziemlich dreist an!«

»Müssen wir das hier in aller Öffentlichkeit austragen?«

»Was gibt es denn auszutragen?«

»Ich muss mit dir reden, aber nicht hier und jetzt. Bitte warte, bis wir zu Hause sind.«

»Du machst es ja spannend.«

»Bleibt noch genug Zeit, um auf die Toilette zu gehen?«

»Ja, du brauchst dich nicht zu hetzen. Das Boarding beginnt frühestens in zwanzig Minuten.«

Mist! Jetzt ist sie misstrauisch. Es ist ja nicht so, dass ich es ihr nicht sagen wollte. Selbstverständlich hatte ich vor, mit ihr zu sprechen. Gleich nach unserer Rückkehr wollte ich ihr von Bastian erzählen. Aber hier auf dem Flughafen ist nun wirklich nicht der geeignete Ort.

Neugierig schaue ich auf das Display. Die Zahl zwölf reizt mich, die Nachrichten sofort zu öffnen, aber ich verkneife es mir. Erst zu Hause werde ich in ihrem Beisein die Facebook-Seite aufrufen.

Zwei Stunden später übernimmt Daggi die Wagenschlüssel von ihrer Aushilfsfahrerin. Die beiden Frauen quatschen unentwegt, während ich mir auf der Rückbank krampfhaft überlege, wie ich das anstehende Gespräch beginnen soll.

»Weihnachten war schon der Burner, aber die Silvesternacht war der absolute Wahnsinn. Ich hatte keine fünf Minuten Stillstand. Du wirst mehr als zufrieden sein, Dagmar.«

»Ich sollte öfter Urlaub machen und dir den Wagen überlassen«, lacht sie und lobt ihre Bekannte für den tollen Umsatz, den sie erzielt hat. Die beiden machen halbe-halbe und ich befürchte, gerade Zeuge eines Schwarzgeschäftes geworden zu sein.

»Und du willst ab morgen wirklich wieder allein fahren? Wenn du dich noch ein paar Tage ausruhen willst, würde ich gern noch weiter für dich fahren.«

»Nee, Yasemin. Morgen beginnt für uns der Alltag. Pit tritt sein Studium an und ich brauche den Wagen, um ihn zum Bahnhof zu fahren und später wieder abzuholen. Ich will flexibel sein. Aber wenn du willst, kannst du künftig die Wochenenden übernehmen.«

»Tolle Idee«, mische ich mich von hinten ein und drücke Daggi einen Kuss auf die Schulter.

In Niendorf verlässt Yasemin den Wagen, und ich steige von hinten nach vorn auf den Beifahrersitz.

»Bist du aufgeregt?«, will sie von mir wissen. Ja, ich bin aufgeregt. Es wäre mir lieber, ich hätte das Gespräch schon hinter mich gebracht.

»Du rockst das, Pit. Je länger ich darüber nachdenke, desto mehr Gefallen finde ich daran, dass du wieder die Schulbank drückst. Denn das bedeutet, kein Schichtdienst mehr und die Wochenenden sind immer frei. Wir können endlich unsere Freizeit zusammen verbringen. Und wenn du lernen musst und deine Ruhe brauchst, dann werde ich mich ins Taxi schwingen und ein paar Scheine verdienen.«

»Du bist ja richtig euphorisch.«

»Ja, der Urlaub ist vorbei, und jetzt beginnt unser richtiges Leben. Ich freu mich so darauf.«

»Ich hab dich lieb, Dagmar Niemann.«

»Du hast noch nie Dagmar zu mir gesagt. Aus deinem Mund klingt das irgendwie komisch.«

»Dann sage ich es anders. Ich hab dich verdammt lieb, mein Schatz, und ich freue mich wie verrückt auf unseren Alltag.«

Wir tragen unsere Koffer in den ersten Stock.

»Zu mir oder zu dir?«, fragt sie mich.

»Zu dir. Ich bringe nur meinen Koffer in die Wohnung und schaue, ob ich noch eine Tiefkühlpizza in Reserve habe. Oder hast du keinen Hunger?«

»Doch, gute Idee.«

Vor dem Essen oder nach dem Essen?, überlege ich. Meine Entscheidung fällt auf danach. Als ich mit einer Pizza Margherita in ihrer Wohnung aufschlage, hat sie bereits den Backofen angestellt und ruft mir zu, dass sie schnell unter die Duschen hüpfen will.

»Pit, ruf doch noch schnell bei Martha an und sag ihr, dass wir gut gelandet sind, oder ist es für einen Anruf schon zu spät?«

»Es ist halb zwölf.«

»Mach ruhig. Wenn du dich nicht meldest, bekommt sie die ganze Nacht kein Auge zu.«

»Mir scheint, du kennst Martha schon besser als ich.«

Daggi hat recht. Meine Großmutter wartet schon Stunden auf meinen Anruf.

»Jetzt bin ich beruhigt, Junge. Du, hör mal. Ich möchte dich und Dagmar morgen zum Essen einladen. Es soll Ente mit Rotkohl und Klößen geben, das isst sie doch so gern. Und weil du morgen deinen ersten Tag an der Hochschule hast, dachte ich, es würde doch passen.«

»Ähm, warte. Ich will sie erst fragen, bevor ich zusage. – Daggi? Was hältst du von Ente mit Rotkohl und Klößen morgen Abend in Bardowick? Martha will für uns kochen.«

Kann sie mich nicht hören oder will sie mich nicht hören? Ich gehe ins Bad und wiederhole meine Frage. Ihr Gesichtsausdruck verrät, dass sie wenig begeistert ist, aber ihre Antwort fällt anders aus als erwartet.

»Von mir aus gern.«

»Wir kommen, Martha. Schlaf gut, wir werden uns auch gleich hinlegen.«

Ich decke den Tisch und kontrolliere den Backofen, in dem die Pizza noch immer keine Farbe angenommen hat. Daggi hat sich einen Schlafanzug angezogen und sich aufs Sofa gelegt.

Als ich zehn Minuten später »Pizza ist fertig« rufe, schlummert sie bereits tief und fest. Ich trage sie ins Bett und decke sie zu.

Auch ich bin müde, aber ich will noch nicht schlafen. Leise gehe ich rüber in meine Wohnung und fahre meinen Computer hoch. Es gibt nur eine Seite, die mich momentan brennend interessiert. www.facebook.com – Benutzername Pitdaddy – Passwort: Daggi.

Kapitel 16

»Pit«, rufe ich schlaftrunken und schaue auf den Wecker. Es ist zwei Uhr nachts und er liegt nicht neben mir. Wie kann es sein, dass ich als langerprobte Alleinschläferin nicht mehr ohne ihn durchschlafen kann? Ich stehe auf und gehe ins Wohnzimmer. Es brennt zwar Licht, aber er ist nicht da. Mit seinem Schlüssel gehe ich rüber zu seiner Wohnung. Schon als ich den Flur betrete, stürmt er mir entgegen.

»Was machst du hier? Warum schläfst du nicht?«, frage ich vorwurfsvoll.

»Ich wollte mir meine Klamotten für morgen rauslegen.«

»Und? Bist du fertig?«

»Gleich«, sagt er und geht ins Schlafzimmer. Er nimmt sich Hose, Hemd und Unterwäsche aus dem Schrank und folgt mir zurück in meine Wohnung.

»Bist du gar nicht müde?«, frage ich und hopse wieder ins Bett.

»Ich glaube, das ist der Jetlag. Auf der Hinreise hat es mir weniger ausgemacht als jetzt.«

»Komm ins Bett. In vier Stunden klingelt der Wecker.«

Von wegen, er sei nicht müde, noch vor mir schläft er ein.

»Aufstehen«, sage ich bereits zum zweiten Mal zu ihm. »Komm aus den Federn, unser Urlaub ist vorbei.«

»Kein Frühstück?«, knurrt er und ich antworte, dass er sich aussuchen könne, Kaffee in der Küche zu trinken und am ersten Tag zu spät zu kommen oder den von mir vorbereiteten Kaffee auf der Fahrt zum Bahnhof zu trinken und pünktlich zu erscheinen. Er entscheidet sich richtig und nimmt mir den Becher aus der Hand.

»Ich muss noch kurz rüber zu mir und mich schnell rasieren«, sagt er, aber ich halte ihn am Arm fest.

»Bitte nicht! Ich mag deinen Dreitagebart so.«

»Na, dann hab ich wohl keine andere Wahl.«

Endlich können wir losfahren. Ich schaffe es, ihn rechtzeitig abzusetzen.

»Bis später. Ich melde mich zwischendurch«, sagt er, drückt mir noch einen Kuss auf die Wange und rennt los. Vor dem Bahnhof parken mindestens zehn Taxen. Hier auf einen Fahrgast zu warten, dauert mir zu lange. Die Zeit kann ich sinnvoller nutzen, denke ich, und beschließe, wieder nach Hause zu fahren, meinen Koffer auszupacken und eine Trommel Wäsche aufzusetzen.

Viel Weißwäsche kommt nicht zusammen.

»Das lohnt sich ja kaum«, stöhne ich. Aber dann kommt mir die Idee, Pits Schmutzwäsche gleich mit zu waschen. Mit seinen Shirts und Unterhosen sollte ich eine angemessene Ladung zusammenbekommen. Ich gehe in sein Wohnzimmer und halte Ausschau nach seinem Koffer, der noch wie am Vortag an der Wand steht.

»Bling.«

Was war das denn? Und wieder »Bling.« Ich schaue auf den Monitor seines Computers und frage mich, wieso sein Bildschirmschoner läuft. Als ich die Maus berühre, verschwindet das Bild vom Aquarium, und ich starre wie vom Donner gerührt auf eine Facebook-Seite. Meine Vermutung, dass es sich bei der Frau auf dem Profilbild um Nathalie handelt, bestätigt sich sogleich. Sie hat alle Posts mit *In Liebe, Nathalie* beendet. Ich glaube, mein Herz hat gerade für einen Moment aufgehört zu schlagen.

Ich überfliege ihre Mitteilungen nur.

> Wir sind überglücklich, endlich von dir zu hören – Unser Sohn kann es kaum erwarten, dich endlich zu sehen – Du hast uns das schönste Weihnachtsfest beschert – Wann kommst du uns holen? – Ein frohes neues Jahr – Dieses Jahr wird unser Jahr – Ich möchte deine Stimme hören. Bitte schreib mir, wie ich dich telefonisch erreichen kann – Warum meldest du dich nicht? – Bitte sende mir deine Nummer – Pit, Liebling, warum lässt du mich so zappeln?

Zwischendurch schlage ich mir immer wieder die Hände vors Gesicht. Das kann doch nicht wahr sein! Ich bin nicht imstande weiterzulesen, zu sehr haben sich meine Augen mit Tränen gefüllt. Nur verschwommen betrachte ich die nicht endenden Fotos, auf die ich stoße, je weiter ich nach unten scrolle. Nathalie im Badeanzug, Nathalie mit Kind auf dem Arm, Nathalie mit Kind an der Hand, Kind im Tierpark vor dem Eisbärengehege, Kind im Karussell, Kind in der Sandkiste, Kind in der Kinderkarre, Kind im Kinderwagen, schwangere Nathalie.

Mir ist hundeelend und ich tue das, was mein Magen mir befiehlt. Ich übergebe mich in seinem Bad. Am liebsten würde ich ihn anrufen und ihn anschreien: »Wann hattest du vor, mir zu sagen, dass ihr wieder Kontakt habt!« Aber das mache ich nicht. Besser, ich versuche, die Ruhe zu bewahren und besonnen zu handeln. Schließlich hat er ihr bisher nicht geantwortet, das allein beruhigt mich. Dennoch bin ich so aufgewühlt, dass ich mit jemandem sprechen muss. Wem könnte ich mein Herz ausschütten und in mein fatales Gefühlschaos einweihen? »Das ist doch gar nicht nötig«, ruft meine innere Stimme. »Es gibt doch schon eine Person, die eingeweiht ist. Martha!« Ich werde zu ihr fahren, und zwar bevor sie die Enten in die Röhre steckt.

»Hey, was für eine schöne Überraschung! Wie gut du aussiehst. So erholt und so schön braun«, ruft sie erfreut aus, aber macht keine Anstalten, einen Meter zur Seite zu gehen, sodass ich eintreten kann.

»Du hattest recht«, sage ich zu ihr und dann passiert das, wogegen ich seit einer Stunde mit aller Kraft ankämpfe. Ich bekomme einen Nervenzusammenbruch.

»Was ist denn los? Dagmar, bitte sag doch was! Ist was mit Pit?«

Aber mehr als »Du hattest ja so recht« bekomme ich nicht raus.

»Trink das!«, befiehlt sie mir und schenkt mir einen Rachenputzer ein. Die Explosion in meinem Hals ist Pillepalle gegen den Schmerz in meiner Magengrube.

»Sie haben Kontakt. Sie schreibt ihm über Facebook.«

»Woher weißt du das?«

»Ich hab's gesehen. Sie hat ihm hundert Fotos von sich und ihrem Kind geschickt.«

»Ich habe es gewusst! Hab ich dich gewarnt? Ja, ich habe dich gewarnt! Nun haben wir den Salat! Was hast du vor?«

»Keine Ahnung! Ich habe gehofft, du könntest mir raten!«

»Was schreibt sie denn?«

»Von ihrem gemeinsamen Sohn, ihrer gemeinsamen Zukunft und dass sie ihn immer noch liebt.«

»Mieses Miststück!«

»Martha, das hilft mir jetzt auch nicht.«

»Warum hast du ihm nur die Briefe gegeben? Und was hat er ihr geschrieben?«

»Nichts! Noch nicht!«

»Dann ist doch alles gut!«

»Wie soll ich mich nur verhalten? Soll ich ihn darauf ansprechen?«

»Vielleicht hältst du zur Abwechslung mal den Mund und lässt mich das auf meine Art regeln.«

Ich sehe Martha beim Kochen zu. Meine Hilfe lehnt sie ab. Sobald sich unsere Blicke treffen, zwinkert sie mir aufmunternd zu und sagt, ich solle mir keinen Kopf machen.

»Denk an das zauberhafte Lebkuchenherz, das du für mich gebacken hast, und nimm dir den Spruch mal selbst zu Herzen. Alles wird gut, glaub einer alten Frau.«

Mein Handy piept und ich erhalte eine Nachricht von Pit.

Hab schon Schluss. Bin auf dem Weg zu Martha. Kannst du auch früher kommen?

Gerade will ich ihm antworten, als es an der Tür klingelt. Martha bittet mich, zu öffnen. Ich staune nicht schlecht, denn Pit ist bereits da.

»Na, das ist ja 'ne Überraschung«, sagt er und gibt mir einen Kuss. »Wann bist du gekommen?«

»Vor einem Moment. Ich wollte beim Kochen helfen, aber sie lässt mich nicht.«

Oma und Enkel begrüßen sich mit einer Umarmung. Erst muss Martha berichten, wie es mit ihrer Reha vorangeht, dann erzählt Pit von seinem ersten Tag. Noch vor dem Essen lässt Martha die Katze aus dem Sack.

»Wie ich weiß, hat Dagmar dir die Briefe gegeben. Ich hatte meine guten Gründe, sie dir vorzuenthalten.«

»Schon gut«, sagt er knapp.

»Ich hoffe, du lässt die Vergangenheit ruhen«, sagt Martha und es klingt wie ein Befehl.

»Es ist gut, dass wir drei jetzt zusammensitzen. Denn dann brauche ich das, was ich euch mitzuteilen habe, nur einmal sagen. Ich bin Vater. Ich habe einen Sohn, und er heißt Bastian.«

»Und ich wurde gerade für das Bundesverdienstkreuz vorgeschlagen«, lacht Martha und zeigt ihm einen Vogel.

»Ich scherze nicht. Nathalie war schwanger, als sie fortging.«

»Mag sein, aber du bist nicht der Vater!«

»Hör auf, Martha, der Kleine sieht mir wie aus dem Gesicht geschnitten ähnlich. Und ich habe nachgerechnet. Ich bin der Vater.«

»Das ist völlig ausgeschlossen.«

»Dann schau ihn dir an!«, sagt er erbost und kramt seine Brieftasche aus der Jacke. Ich schaue auf das Foto des Jungen, den ich bereits am frühen Morgen gesehen habe. Es ist mir nicht möglich, seelenruhig dabeizusitzen, und ich stehe auf.

»Daggi, bleib hier. Bitte glaub mir, dass ich schon gestern mit dir sprechen wollte, aber du bist sofort eingeschlafen und …«

»Dann hast du die Briefe doch gelesen. Du hast sie nicht ungelesen entsorgt, wie du mir versichert hast! Du hast mich angelogen!«

»Ich wollte mit dir sprechen, aber …«

»Aber was? Mangelte es dir an Gelegenheit? Du hattest den ganzen Urlaub Zeit, mit mir zu reden. Und behaupte nicht, dass du es da noch nicht gewusst hast. Aber der Gipfel ist, dass du heimlich …«

»Beruhige dich, Dagmar«, fordert Martha mich auf und unterbricht meinen Redeschwall gerade noch rechtzeitig, bevor ich mich verplappere und ihn auf meine Facebook-Entdeckung anspreche.

»Wir streiten hier um ungelegte Eier. Das auf dem Foto ist nicht dein Sohn!«, sagt sie und legt das Bild wieder auf den Tisch.

»Siehst du denn nicht die Ähnlichkeit?«

»Keine zu dir, mein Junge!«

»Er sieht aus wie ich als Kind. Soll ich die Alben holen und es dir beweisen?«

»Du kannst die Alben im Schrank lassen. Glaub mir doch, dieses Kind ist nicht von dir. Es kann gar nicht von dir sein!«

»Soso. Und was macht dich so sicher?«

»Weil du nicht zeugungsfähig bist. Ich muss es wissen, denn der Kinderarzt, bei dem du wegen Mumps in Behandlung gewesen bist, hat es diagnostiziert.«

»Das würde dir so in den Kram passen, oder Martha? Aber er ist mein Sohn – dein Urenkel – und ob du es nun wahrhaben willst oder nicht, ich werde die Verantwortung für ihn übernehmen.«

»Hast du auch mal an Dagmar gedacht?«

»Das hat mit meiner Beziehung zu Daggi rein gar nichts zu tun!«

»Schön! Dann ist ja alles gesagt und ich kann mich weiter ums Essen kümmern!«

Aus meiner Sicht ist noch nicht alles gesagt. Die entscheidende Frage wurde noch gar nicht gestellt. Nachdem ich mich eine Weile zurückgehalten habe, bin ich es, die ihn fragt, was er denn vorhabe.

»Ich will ihn kennenlernen.«

»Und wie soll das ablaufen?«

»Ich werde nach Moskau fliegen und ihn besuchen.«

»Dann kannst du dein Geld auch gleich zum Fenster rausschmeißen!«, schimpft Martha und knallt wutentbrannt die Tür hinter sich zu. Pit geht ihr nach. Sie stehen im Garten und streiten. Ich kann nicht verstehen, was sie reden. Ihren Gesten nach zu urteilen, sind es keine Nettigkeiten, die sie austauschen. Wenig später kommt er allein zurück.

»Komm! Wir fahren.«

»Das können wir nicht bringen. Martha hat stundenlang für uns gekocht.«

»Ich muss hier raus, bevor ich Dinge sage, die ich später bereue.«

»Geht nicht im Streit auseinander! Bitte, Pit.«

»Du stehst auf ihrer Seite, stimmt's? Du glaubst ihr das Märchen von der Zeugungsunfähigkeit. Natürlich! Deshalb wolltest du im Urlaub auch aufs Gummi verzichten.«

Martha ist zurück. Sie schaut noch immer grimmig.

»Der einfachste Weg, Klarheit in dieser Frage zu erlangen, ist ein Test. Geh zum Arzt und lass dich untersuchen. Das wäre viel vernünftiger, als völlig übereilt nach Russland zu fliegen«, schlage ich vor.

»Vielleicht hast du recht«, gibt er zögerlich zu.

»Nicht vielleicht! Sie hat absolut recht! Und jetzt Themawechsel. Dagmar, bitte erzähl mir von eurem Urlaub.«

Ich tue Martha den Gefallen. Nach und nach löst sich die angespannte Stimmung und es wird doch noch ein netter Abend.

Kapitel 17

Die Peinlichkeit, mir in der Kabine beim Urologen einen runterzuholen, habe ich nur auf mich genommen, um absolute Gewissheit zu haben. Vom Untersuchungsergebnis hängt so viel ab. Sollte ich zeugungsfähig sein, weiß ich, was zu tun ist. Sollte Martha recht haben, hätte es weitreichendere Konsequenzen, denn es würde bedeuten, dass Daggi und ich niemals Eltern von leiblichen Kindern werden können.

Wie sie darüber denkt, frage ich sie, während ich ungeduldig auf mein Handy starre. Der Arzt hat mir zugesagt, mich noch am gleichen Tag über den Ausgang zu informieren.

»Das ändert doch nichts an meinen Gefühlen für dich.«

»Du würdest meinetwegen auf Kinder verzichten?«

»Nun warte doch den Anruf ab«, sagt sie und weicht mit dieser Aussage einer ehrlichen Antwort geschickt aus.

So leicht lasse ich sie nicht vom Haken. »Ich will es wissen, Daggi. Wärst du bereit …«

»Wärst du bereit, ans Telefon zu gehen? Es klingelt nämlich!«

Mit geschlossenen Augen nehme ich den Anruf entgegen. Noch nie zuvor war ich so angespannt wie in diesem Moment. Der Doktor selbst macht sich die Mühe, mich anzurufen. Das kann nichts Gutes bedeuten, denke ich.

»Ihre Werte liegen alle im normalen Bereich«, sagt er und ich frage nach, was das bedeutet.

»Das heißt, ihre kleinen Schwimmer sind nicht überdurchschnittlich flink, aber schnell genug.«

»Das heißt, bei mir ist alles in Ordnung.«

»Genau das heißt es, Herr Hartung.«

Erleichtert lege ich auf und zeige Daggi meinen Daumen, der nach oben gerichtet ist.

»Und nun?«, fragt sie.

»Und nun setze ich mich mit ihr in Verbindung.«

»Du willst ihr schreiben?«

»Ja, aber keinen Brief, ich kann sie über Facebook erreichen.«

Obwohl ich Daggi anbiete, mir über die Schulter zu sehen und mitzulesen, lehnt sie ab.

»Ich will nicht, dass du denkst, ich hätte Geheimnisse vor dir.«

»Wenn ich dir nicht vertrauen würde, hätte es mit uns wohl wenig Sinn«, sagt sie, nimmt ihre Jacke von der Garderobe und ihren Schlüsselbund vom Bord.

»Wo willst du hin?«

»Ich habe eine Fahrt mit Stammkunden. In spätestens einer Stunde bin ich zurück.«

Wenn ich die Facebook-Seite aufrufe, brauche ich mich nicht einzuloggen. Mein Nutzername und das Passwort sind automatisch gespeichert. Ich schreibe der einzigen Freundin, die ich in diesem Netzwerk habe, folgende Nachricht:

> *Ich möchte Bastian kennenlernen und werde deshalb zu euch nach Moskau kommen. Für mein Visum benötige ich deine Adresse.*

Ihre Antwort folgt prompt.

> *Endlich. Ich hatte die Hoffnung schon fast aufgegeben. Wie schön, dass du dich meldest. Ich freue mich so. Wann kommst du, mein Liebster?*

> *Vielleicht am übernächsten Wochenende, wenn es bis dahin mit dem Visum klappt.*

Pack dir warme Sachen ein. Hier ist es unvorstellbar kalt.

Wir tauschen noch Adressen aus und ich gebe ihr meine Telefonnummer für den Notfall. Dann melde ich mich ab.

Keine zehn Minuten später klingelt mein Handy. Der unbekannte Anrufer ist Nathalie. Sie sagt, es wäre unvorstellbar schön, nach so langer Zeit meine Stimme zu hören. Ich kann und will ihre Freude nicht teilen.

»Wird Bastian mich überhaupt verstehen, ich meine, spricht er Deutsch?«

»Nein, aber er lernt schnell. Er ist ein wirklich aufgewecktes Kind.«

»Ist er noch wach?«

»Nein, unser Liebling schläft schon. Er klagte schon den ganzen Tag über Kopfschmerzen.«

»Dann wünsche ich ihm gute Besserung. Bis bald.«

»Leg noch nicht auf!«

»Doch. Ich wüsste nicht, was wir noch besprechen könnten.«

»Bist du verheiratet?«

»Nein, bin ich nicht.«

»Dann hast du mich nicht vergessen?«

»Was soll das, Nathalie?«

»Du bist der Vater unseres Kindes und meine große Liebe.«

»Es ist viel Zeit vergangen.«

»Ja, verlorene Zeit. Aber ich bin nicht schuld. Ich habe dir geschrieben. Immer und immer wieder.«

»Ich melde mich, sobald ich das Visum habe. Tschüss.«

Ich lege auf und habe das Bedürfnis, sofort mit Daggi zu sprechen, aber ich erreiche nur ihre Mailbox.

»Pünktlich wie immer. Nach Ihnen kann ich meine Uhr stellen«, sagt Herr Ehlert, öffnet die Beifahrertür und steigt ein. »Kann losgehen. Zur Staatsoper, bitte.«

»Was ist mit Ihrer Mutter? Kommt sie heute nicht mit?«

Ich fahre die gehbehinderte Frau Ehlert und ihren Sohn schon eine ganze Weile. Wenn er einmal wöchentlich aus Berlin anreist, um sie zu besuchen, führt er sie abends entweder ins Theater, ins Ballett oder ins Konzert aus. Dann fahre ich sie hin, hole sie nach der Vorstellung wieder ab und bringe sie nach Ottensen zurück, wo Frau Ehlert eine wunderschöne Altbauvilla bewohnt.

»Sie sagt, sie wäre unpässlich, aber wenn Sie mich fragen, dann steckt mehr dahinter. Sie hat in den letzten Wochen sehr abgebaut, weigert sich aber strikt, einen Arzt aufzusuchen.«

»Ja, das kommt mir bekannt vor. Die Großmutter meines Freundes verhält sich ähnlich stur.«

»Wie war Ihr Urlaub? So wie Sie aussehen, haben Sie sich prächtig erholt.«

»Stimmt, es war sehr schön, aber viel zu kurz.«

»Besser kurz als gar kein Urlaub. Ich kann mich gar nicht mehr daran erinnern, wann ich das letzte Mal verreist bin. Das muss mindestens zwanzig Jahre zurückliegen.«

»Zwanzig Jahre? Dann war es wohl eine Klassenfahrt«, lache ich, denn ich glaube, dass er, was sein Alter angeht, stark übertreibt. »Was sehen Sie sich denn heute an?«

»Die Fledermaus.«

»Johann Strauß.«

»Sie kennen sich aus. Mögen Sie die Oper, Frau Niemann?«

»Nicht wirklich. Klassische Musik macht mich immer traurig.«

»Schade, ich wollte Sie gerade fragen, ob Sie mich anstelle meiner Mutter begleiten wollen.«

»Nette Idee, aber ich muss Ihnen einen Korb geben. Wann soll ich Sie wieder abholen?«

»Die Aufführung geht bis halb elf.«

»Dann bis später und viel Spaß«, wünsche ich ihm und trete den Heimweg an.

Als ich meine Wohnung betrete, finde ich Pit im Wohnzimmer vor. Er schaut auf seinen Laptop und sieht sich die Kinderbilder an.

»Alles klar?«, frage ich.

»Ich habe mit ihr gesprochen.«

»Gesprochen?«

»Ja, sie hat mich angerufen, nachdem ich ihr geschrieben habe, dass ich beabsichtige, zu kommen.«

»Dann steht dein Entschluss also fest.«

»Ich werde mich gleich morgen um ein Visum kümmern. Warum schaust du so? Ist es dir nicht recht, dass ich meinen Sohn kennenlernen will?«

»Es geht mir nicht um deinen Sohn. Was ihn angeht, habe ich keine Befürchtungen.«

»Du hast gar nichts zu befürchten. Es geht mir wirklich nur um ihn.«

»Ich hoffe, sie weiß das auch.«

»Du bist doch wohl nicht eifersüchtig?«

»Warum sollte ich eifersüchtig sein? Du willst nichts von ihr und sie will nichts von dir! So ist es doch, oder?«

»Auch ein Glas Wein?«, fragt er und ich weiß, dass ich ihn mit meiner letzten Bemerkung eiskalt erwischt habe. Natürlich will sie ihn zurück. Er weiß das und ich weiß das auch.

»Lieber Tee, ich muss noch fahren.«

Pit stellt den Fernseher an und wir schauen die Nachrichten. Als Jan Hofer verkündet, dass aufgrund des Bahnstreiks morgen mit erheblichen Verspätungen auf dem gesamten Streckennetz zu rechnen sei, freue ich mich auf gute Geschäfte. Pit nicht. Er verdreht genervt die Augen und will sofort im Netz nach den Abfahrtzeiten der Ersatzbusse schauen, aber ich halte ihn zurück.

»Du bist in der glücklichen Lage, mit einer Taxifahrerin zusammen zu sein. Mach dir keinen Kopf, ich fahre dich morgen. Auf dem Rückweg hole ich mir bei Martha einen Kaffee ab und klöne eine Runde mit ihr.«

»Dann erzähl ihr bei der Gelegenheit auch gleich vom Untersuchungsergebnis. Sag ihr, ob sie nun will oder nicht, sie ist Urgroßmutter. Ich werde gleich einige Bilder ausdrucken, die du ihr mitnehmen kannst, das wird ihr helfen, sich an den Gedanken zu gewöhnen.«

»Ich soll den Boten für dich spielen?«

»Ich würde ja selbst gern ihr dummes Gesicht sehen, wenn sie es erfährt, aber leider habe ich die nächsten Tage keine Zeit, ihr einen Besuch abzustatten.«

Während ich uns am frühen Morgen bei Glatteis nach Lüneburg fahre, rufe ich bei Martha an, um ihr meinen Besuch anzukündigen. Leider muss mein Morgenkaffee bei ihr ausfallen, denn sie ist gerade dabei, sich auf den Weg zur Reha zu machen.

»Vielleicht habe ich Glück und bekomme einen zahlenden Fahrgast für die Rückfahrt«, sage ich zu Pit.

»Darfst du das denn? Ich dachte, deine Lizenz bezieht sich nur auf Hamburg.«

»Warum musst du immer so korrekt sein, Pit?«

»Ich will nur nicht, dass du dir Ärger mit der Konkurrenz einfängst. Taxifahrer sind nicht zimperlich, wenn man ihnen ins Geschäft pfuscht. Das solltest du doch wissen.«

»Für den Fall kenne ich einen netten Bullen, der mir im Notfall immer zur Seite steht.«

»Ja, wir beide ergänzen uns wirklich prächtig«, lacht er und drückt mir einen Kuss auf die Wange. Sein Telefon klingelt und er sagt: »Nanu?« Statt sich mit Namen zu melden, fragt er: »Was gibt es so Wichtiges?«

Ich frage mich, mit wem er so unfreundlich spricht, und stelle meine Lauscher auf. »Wie schlimm ist es? – Was kann ich denn tun? – Beruhige dich, Nathalie! – Ja, bitte, halte mich auf dem Laufenden.« Dann legt er auf und sagt: »Bastian hat hohes Fieber.«

»Das ist bei kleinen Kindern nicht ungewöhnlich.«

»Du bist ja sehr mitfühlend!«

»Entschuldige, dass ich mich wundere. Seit gestern Abend kennt sie deine Telefonnummer und ruft bereits zum zweiten Mal bei dir an. Kommt dir das nicht auch merkwürdig vor?«

»Sie ist besorgt!«

»Weil der Junge Fieber hat? Dann soll sie ihm ein Zäpfchen in den Po schieben! Basta!«

Pit schmollt. Na, das kann ja noch heiter werden, denke ich. Sollte Nathalie wegen jedem kleinen Pups Meldung machen und Pitdaddy daraufhin jedes Mal in Panik ausbrechen, kommt in Zukunft ja noch einiges auf mich zu.

Kapitel 18

Die Erteilung eines Touristenvisums hat erstaunlicherweise reibungslos geklappt. Für knapp dreihundert Euro habe ich einen der wenigen Direktflüge gebucht, der mich morgen für ein Wochenende von Hamburg nach Moskau bringt. Das Ticket von der Aeroflot liegt auch schon vor. Sehr viel Zeit bleibt mir nicht für meinen Aufenthalt, denn ich werde am Samstag erst nachmittags um viertel nach fünf landen. Am nächsten Tag geht es bereits vormittags um halb elf wieder zurück. In Mahlzeiten ausgedrückt heißt das, Bastian und ich werden gerade mal die Möglichkeit haben, ein Abendessen und ein Frühstück gemeinsam einzunehmen.

»Wo wirst du übernachten?«, fragt Daggi. Sie hat die Fähigkeit, Fragen so auszusprechen, dass sie wie eine Drohung klingen. Sie hat zwar nur gefragt, wo ich übernachten werde, aber eigentlich meint sie: Ich warne dich! Wage es nicht, bei ihr zu schlafen!

Seit gestern meldet Nathalie sich nicht mehr telefonisch, also gebe ich ihr die Flugdaten via Facebook-Nachricht bekannt und bitte sie, mich am Flughafen abzuholen.

»Hast du ein Geschenk für den Kleinen besorgt?«, will Daggi wissen und ich nicke. Ich habe mich für den Klassiker entschieden und ein kuscheliges Stofftier gekauft. Die Verkäuferin im Spielwarengeschäft sagte, dass Kinder dieses Alters Teddybären lieben.

»Der ist wirklich süß«, sagt sie und fragt mich, ob ich ihn noch einpacken wolle.

»Damit die Typen vom Zoll ihn wieder auspacken?«

»Dann mach wenigstens 'ne Schleife drum«, sagt sie und reicht mir eine Rolle rotes Satinband.

Pit lässt sich mit meinem Taxi zum Flughafen bringen, aber nicht ich, sondern Yasemin bringt ihn. Ihr den Wagen so kurzfristig wieder abzunehmen, nur weil mein Liebster sich entschlossen hat, in einer Hals-über-Kopf-Aktion übers Wochenende in die größte Stadt Europas zu reisen, bringe ich einfach nicht übers Herz. Schließlich ist auch sie auf die Einnahmen angewiesen.

Statt Trübsal zu blasen, habe ich mir vorgenommen, ein Fotobuch aus unseren Urlaubsbildern zu erstellen. Sehnsüchtig betrachte ich die Aufnahmen, die ein frischverliebtes Paar unter Palmen zeigen. Doch schon nach einer Stunde bin ich damit fertig und ich überlege, wie ich die restliche Zeit an meinem freien Wochenende verbringen kann.

Gerade kommt mir die Idee, Becca anzurufen und zu fragen, ob wir uns treffen wollen, als es an der Wohnungstür klingelt. Bevor ich öffne, schaue ich durch den Spion. Ich kann nicht glauben, wen ich sehe. Tatsächlich steht Martha im Treppenhaus, die abwechselnd bei mir und bei Pit Sturm klingelt.

Als ich die Tür öffne, prescht sie mir entgegen und ruft aufgebracht: »Das ist ein Scherz, oder? Sag sofort, dass ihr mich auf den Arm genommen habt!«

»Komm rein«, sage ich und will ihr aus dem Mantel helfen, aber sie rennt an mir vorbei und schaut erst ins Wohnzimmer und dann in die Küche.

»Wo ist Pit? Wo hat er sich versteckt?«

»Pit ist über den Wolken, er fliegt gerade nach …«

»Es stimmt also doch! Er hat mich nicht auf den Arm genommen, als er mir eine Nachricht auf den Anrufbeantworter gesprochen hat. Wie konntest du das nur zulassen, Dagmar!«

»Er will seinen Sohn sehen, das kann ich ihm wohl kaum verbieten.«

»Seinen Sohn … Dass ich nicht lache.«

»Pit ist zeugungsfähig, er hat sich testen lassen, besser du findest dich damit ab.«

»Das heißt noch gar nichts! Einen Vaterschaftstest sollte er machen lassen!«

»Warum sperrst du dich so gegen den Gedanken, einen Urenkel zu haben? Pit scheint die Idee zu gefallen und du solltest dich mit ihm freuen.«

»Mein Gott bist du naiv, Dagmar. Sie wird dieses Kind benutzen und ihm das letzte Hemd ausziehen. Gerade jetzt, wo er wieder auf einen grünen Zweig kommt, soll das Ganze wieder von vorne losgehen?«

»Was meinst du mit grünem Zweig?«

»Sie hat ihn ausgepresst, wie eine Zitrone. Hast du dich nie gefragt, warum er keinen eigenen Wagen besitzt?«

»Er braucht keinen in der Stadt. Er liebt es, mit dem Rad zu fahren.«

»Das hat er dir erzählt? Nein, Dagmar, die Wahrheit ist, dass er sich bis vor Kurzem gar keinen Wagen leisten konnte, weil er für die Eskapaden dieser Dame geradegestanden hat.«

»Du scheinst sie wirklich abgrundtief zu hassen.«

»Das ist noch milde ausgedrückt.«

»Mach dir bitte keine Sorgen. Das Kapitel Nathalie ist beendet. Sie lebt mit ihrem Kind in Moskau. Was soll sie aus der Ferne schon anrichten?«

»Ich wünsche mir, dass du recht behältst, nur mir fehlt der Glaube.«

»Willst du nicht endlich ablegen?«

»Besser, ich fahre wieder. Ich will dir nicht auf den Wecker gehen.«

»Du würdest mir eine Freude machen, wenn du bleibst. Allein, ohne Mann und ohne Taxi, fällt mir die Decke auf den Kopf.«

»Was ist mit deinem Wagen? Hast du ihn etwa zu Schrott gefahren?«

»Nein«, lache ich laut auf. »Dass du immer gleich das Schlimmste annimmst. An den Wochenenden fährt eine Bekannte für mich, damit ich auch mal frei habe.«

»Mit anderen Worten, du dürftest heute mal was trinken?«

»Ich dürfte schon, aber ich hab nichts.«

»Aber Pit hat. Sogar im Überfluss! Komm lass uns rüber gehen und sein Weinregal plündern. Auf den Schreck ist ein guter Tropfen nötig.«

Martha hat einen Spätburgunder ausgesucht und trinkt bereits das zweite Glas. Sie erzählt mir seit Stunden aus ihrem Leben. Sie spricht gerade von dem Tag, als Pits Eltern verunglückten, als er mich anruft.

»Hey, gut gelandet?«, frage ich.

»Schon lange. Ich stehe hier und warte schon über eine Stunde. Nathalie ist nicht gekommen. Ich habe sie ausrufen lassen, aber nichts passiert.«

»Dann nimm dir ein Taxi und fahr zu ihnen nach Hause.«

»Ich hab ihre Adresse nicht dabei.«

»Das ist nicht dein Ernst! Wie dumm kann man nur sein?«

»Sie steht in den Nachrichten von Facebook, aber ich habe hier keinen Zugriff auf die Seite. Kannst du für mich nachsehen?«

»Wie lauten deine Log-in-Daten?«

»Du brauchst keine, die Seite öffnet sich automatisch.«

»Gut, ich rufe dich an, wenn ich online bin.«

Martha will wissen, was passiert ist, und ich antworte, dass ihr Enkel ein Schussel ist. Es stimmt. Bereits nachdem ich facebook.com eingebe und die Taste Enter drücke, öffnet sich die Seite von Pitdaddy.

»Hach!«, rufe ich höhnisch aus und bitte Martha, mir gut zuzuhören.

»*Endlich. Ich hatte die Hoffnung schon fast aufgegeben. Wie schön, dass du dich meldest. Ich freue mich so. Wann kommst du, mein Liebster? – Pack dir warme Sachen ein. Hier ist es unvorstellbar kalt.* – Das ist doch herzzerreißend und wirklich fürsorglich von ihr, oder etwa nicht?«, spotte ich.

»Was liest du denn da?«

»Liebesgrüße aus Moskau«, sage ich schnippisch und rufe bei Pit an, um ihm die Adresse durchzugeben. Während wir telefonieren, schaut Martha neugierig auf den Bildschirm und liest die Korrespondenz.

»Wie unverfroren!«, schimpft sie. »Aber was will man von Russen auch erwarten.«

»Martha, das ist rassistisch!«, empöre ich mich.

»Es ist die Wahrheit. Diese Menschen sind rücksichtslos, skrupellos und brutal!«

»Wie kannst du nur so etwas sagen? Das ist ungeheuerlich!«

»Ungeheuerlich ist das, was sie meiner Familie angetan haben! Weißt du, wie alt ich bei Kriegsende war?«, schreit sie wie von Sinnen. »Ich war zehn, als die Russen unser Haus stürmten und über meine Mutter und meine Schwestern wie die Tiere herfielen. Ich weiß nicht, wie viele es waren, ich weiß nur, dass meine Mutter es nicht überlebt hat.«

»Wie furchtbar! – Ich hatte ja keine Ahnung. – Und dich … haben sie dich … verschont?«

»Was glaubst du? Meinst du, diese Bestien hätten irgendein Mädchen aus dem Ort davonkommen lassen?«

»Aber wieso waren die Russen in Bardowick?«

»Das passierte nicht hier, sondern in der Heimat meiner Eltern. Wir wohnten in einem kleinen Dorf in der Nähe von Breslau, das jetzt wieder zu Polen gehört.«

»Dann bist du mit deinen Schwestern geflohen?«

»Ich würde es eher Vertreibung nennen. Meine Schwestern und ich sowie noch zwei andere Mädchen kamen bei einem

Bauern in Bardowick unter, wo wir uns als Erntehelferinnen die Hände blutig schufteten. Dafür bekamen wir eine Schlafstätte im Kuhstall und eine warme Mahlzeit am Tag. Das war meine Kindheit und Jugend.«

»Leben deine Schwestern noch?«

»Nein, sie sind beide verstorben. Aber die beiden Mädchen, von denen ich sprach, sind noch quietschlebendig. Du hast sie auf meinem Geburtstag kennengelernt.«

Na klar, die Landfrauen! Natürlich. Jetzt wundert es mich nicht, dass Nathalie bei ihnen einen schweren Stand hatte.

»Martha, das alles ist schon so lange her. Und trotzdem trägst du diesen Hass in dir. Kann man nicht irgendwann vergessen und verzeihen?«

»Man vielleicht – ich nicht!«

»Du hättest dir Hilfe suchen sollen, statt deinen Groll dein ganzes Leben lang mit dir herumzuschleppen. Reden hilft. Ich weiß es aus eigener Erfahrung.«

»Sag bloß, du gehst auf die Couch!«

»Nein, ich gehe nicht zum Psychiater, aber ich habe mich eine Zeit lang einer Selbsthilfegruppe angeschlossen. Das hat mir sehr geholfen, die Dämonen loszuwerden. Auch ich hatte keine schöne Kindheit und Jugend.«

»Es hat mit deinem Vater zu tun, nicht wahr? Was hat er dir angetan?«

»Nicht das, was du vermutest«, beruhige ich sie. »Es ist mit deinen Erlebnissen ist keinster Weise zu vergleichen.«

Ich schaue auf die Uhr. Es ist schon spät und ich frage mich, was Pit wohl gerade macht. Als wäre es Gedankenübertragung, klingelt mein Handy und er ist dran.

»Na, wie war's?«, frage ich.

»Es war super! Besser hätte es gar nicht laufen können. Wenn du wüsstest, wie stinksauer ich gerade bin.«

»Wieso? Was ist denn passiert?«

»Nichts ist passiert. Sie sind gar nicht da. Ich habe mich mit einem Taxi in die übelste Gegend fahren lassen, um festzustellen, dass sie gar nicht zu Hause sind. Ans Telefon geht sie auch nicht. Ich habe gerade in ein Hotel in Flughafennähe eingecheckt. Ich werde noch einen Wodka trinken, mich ins Bett legen und nach dem Frühstück geht es gleich zurück.«

»Na, das war ja ein richtiger Reinfall. Tut mir leid, Pit. Ich kann verstehen, dass du enttäuscht bist.«

»Wer ist bei dir? Du bist doch nicht allein!«

»Martha ist zu Besuch gekommen. Wir haben uns verquatscht, und gleich werde ich ihr ein Bett beziehen und dann gehen auch wir schlafen.«

»Gute Nacht, mein Schatz.«

»Komm schnell wieder. Ich vermiss dich.«

Als ich Martha sage, dass Pit sich völlig umsonst auf den Weg gemacht hat, klatscht sie vor Freude in die Hände und sagt: »Na bravo! Meine Gebete wurden erhört!«

Ich sage: »Das verstehe, wer will, ich nicht!«

Kapitel 19

Dieser sinnlose Trip hat mich ein Drittel meines Nettogehalts gekostet. Das war der teuerste Wodka, den ich je getrunken habe, ärgere ich mich auch noch, als ich in Fuhlsbüttel durch die Glastür trete und all die wartenden Leute in der Ankunftshalle sehe. Vor mir läuft ein Mann mit einer roten Rose auf eine Frau zu. Sie fallen sich stürmisch in die Arme und küssen sich leidenschaftlich. Ich werde nicht abgeholt. Allein fahre ich mit dem Bus nach Hause und stelle mir vor, was für ein schönes Wochenende ich gehabt hätte, wenn ich bei Daggi geblieben wäre. Wir hätten ins Kino gehen, in einer netten Bar einen Drink nehmen können, wir hätten zusammen duschen, schmusen und … Daran darf ich gar nicht denken, sonst bekomme ich gleich wieder einen Wutanfall.

Meine Wut verfliegt augenblicklich, als sie mich stürmisch begrüßt. Ich glaube ihr aufs Wort, dass sie mich vermisst hat, denn mir erging es ebenso.

»Und nun? Wie geht es weiter?«, fragt sie mich.

»Das war's! Ich hab mich lange genug von ihr zum Narren halten lassen. Mit dieser Aktion hat sie den Vogel abgeschossen! Für mich hat sich das Thema erledigt. Noch heute werde ich mich bei Facebook abmelden und gleich morgen besorge ich mir eine neue SIM-Karte, dann bin ich auch telefonisch nicht mehr für sie zu erreichen.«

»Trotzdem. Ich verstehe das nicht. Wo sie sich doch sooooo auf den Besuch ihres Liebsten gefreut hat.«

»Das hast du auf Facebook gelesen.«

»Du selbst hast mich darum gebeten.«

»Dann wirst du auch gesehen haben, dass ich ganz sachlich mit ihr kommuniziert habe.«

»Du hast mir keinen Grund zur Beanstandung gegeben«, lacht sie. Ich will meinen Worten Taten folgen lassen und fahre meinen Laptop hoch. Nanu? Eine Nachricht von Nathalie. Jetzt bin ich aber auf ihre Erklärung gespannt.

> Lieber Pit,
> es tut mir so leid, dass du uns nicht angetroffen hast. Es gab einen Notfall. Ich musste dringend mit Bastian ins Krankenhaus. Sein Kopfweh und sein hohes Fieber haben sich als eine schwere Meningitis herausgestellt. Ich habe solche Angst, dass er nicht wieder gesund wird. Bitte verzeih mir, dass ich dir nicht rechtzeitig Bescheid sagen konnte, aber ich hatte keine Möglichkeit, dich anzurufen. Als ich am Flughafen eintraf, warst du schon fort. Ich fahre jetzt wieder zu ihm. Ich melde mich, sobald ich Näheres weiß.
> In Liebe, Deine Nathalie

»Was ist Meningitis?«, frage ich.

»Eine Hirnhautentzündung. Warum?«

»Komm und lies selber!«

Daggi liest und ich frage sie, was sie von dieser Nachricht hält.

»Na, darüber macht man wohl keine Witze.«

Ich mag keine Montage, erst recht nicht, wenn das Wochenende anstrengend war und ich keine Möglichkeit zum Ausruhen hatte, und das war bei mir eindeutig der Fall. Daggi ist noch nicht zu Hause, denn ihr Wagen steht nicht vor der Tür. Folglich bin ich heute dran, ein Abendessen für uns zu zaubern. Glücklich stelle ich fest, dass sie schon einkaufen war. Unglücklicherweise hat sie *nur Broccoli, Kartoffeln und Sahne eingekauft. Was bitte soll ich daraus kochen?*

»Eine leckere Suppe«, lacht sie, als ich sie anrufe und frage, warum es kein Fleisch gibt.

»Wir machen einen Veggi-Day«, sagt sie und ich hoffe inständig, dass sie scherzt.

»Warum bestrafst du mich? Ich dachte, du liebst mich!«

»Eben! Weil ich dich liebe, achte ich ab sofort auf deine Ernährung.«

»Ich lass mich scheiden!«

»Dann musst du mich erst heiraten!«

»Ich denk darüber nach!«

»Bis gleich«, lacht sie und legt auf.

Ausgerechnet Broccoli, stöhne ich lautlos und entscheide, heute mal einen Diättag einzulegen.

Die Suppe ist schnell zubereitet. Ich schmecke sie noch mit Muskat ab, probieren werde ich sie allerdings nicht.

»Hm, wie lecker es hier duftet«, ruft sie schon im Flur.

»Iss dich satt. Es ist alles für dich«, antworte ich und begrüße sie mit einem Kuss. »Was versteckst du hinter deinem Rücken?«

»Ein Döner für dich, du Kannibale, weil ich nicht will, dass du dich scheiden lässt.«

Ist das jetzt der richtige Zeitpunkt, vor ihr auf die Knie zu gehen? Ich belasse es bei dem Gedanken. Nicht etwa, weil ich mir nicht sicher bin. Ich kenne Daggi schon so lange und weiß, dass sie die Richtige für mich ist. Aber ich habe weder einen Ring noch Blumen und die Küche scheint mir auch nicht der passende Ort zu sein, um sie zu fragen, ob wir es amtlich machen wollen. Ich werde um ihre Hand anhalten, aber wenn ich das tue, dann soll es romantisch sein, genau wie sie es sich insgeheim wünscht.

Ich beiße gerade genießerisch in den Döner, als mein Handy klingelt. Weil ich denke, dass es ein Studienkollege ist, mit dem ich künftig eine Fahrgemeinschaft bilden will, gehe ich ran.

»Pit!!!!!«, schreit eine Frauenstimme und ich erkenne Nathalie, die lauthals in den Hörer weint. »Pit, es ist so furchtbar. Bastian … Die Ärzte … Oh mein Gott … Ich weiß nicht, was ich machen soll … Du musst mir helfen … Ich werde noch verrückt …«

»Ich verstehe kein Wort! Nun mal langsam! Was ist mit Bastian?«

»Er wurde geröntgt. Das ist üblich bei einer Meningitis. Dabei stellte sich heraus, dass er einen Tumor hat. Mein kleines Baby hat einen Tumor im Kopf. Warum straft Gott mich so?«

Ich bin sprachlos. Regungslos. Ich glaube, ich habe einen Schock.

»Sie wollen ihn nicht operieren!«, schreit sie.

»Was? Wieso nicht?«

»Sie werden ihn sterben lassen.«

»Was redest du?«

»Es ist kompliziert … Ich muss auflegen. Der Doktor will mich sprechen.«

»Leg nicht auf! Gib mir deine Nummer, damit ich dich erreichen kann.«

Es macht »Klick« und sie ist weg.

»Was ist?«, fragt Daggi.

»Mein Sohn wird sterben.«

Kapitel 20

Pit gleicht einem Nervenbündel. Seit zwei Tagen wartet er auf Nachricht von Nathalie. Wie kann sie ihn nur so im Ungewissen lassen? Auch meine Gedanken kreisen unaufhörlich um einen kleinen Jungen, den ich persönlich gar nicht kenne, aber der unter einem inoperablen Hirntumor leidet. Beccas Anruf kommt wie gerufen. Als sie fragt, ob wir uns endlich mal auf einen Kaffee treffen wollen, sage ich ohne Umschweife zu.

»Schlag du ein Café vor. Ich kann dich nicht zu mir einladen. Seit Tagen hausieren Veit und ich wie auf einem Campingplatz. Ich hab keine Küche, und so wie es aussieht, wird dieser Zustand noch Wochen andauern.«

Noch bevor wir unsere Bestellung aufgeben, eröffne ich ihr, dass ich kein Single mehr bin.

»Du und Pit? Na endlich! Ihr habt euch aber auch verdammt lange Zeit gelassen. Ich freue mich so für dich. Sag ihm, er hätte einen guten Fang gemacht.«

»Aber zurzeit ist es nicht eitel Sonnenschein bei uns«, sage ich und erzähle ihr von seiner Vorgeschichte mit Nathalie und der Hiobsbotschaft über den Kleinen, die uns gerade erreicht hat.

Wir sitzen schon den halben Nachmittag zusammen und quatschen, als sie auf die Uhr schaut und mich bittet, sie nach Hause zu fahren. Schon nach wenigen Kilometern beschwert sie sich über die vorherrschende Hitze im Wagen.

»Puh, ist das warm. Kannst du die Heizung bitte drosseln. Ich ersticke gleich.«

Sie nimmt ihren Schal vom Hals und will ihn in die Seitenablage stecken.

»Ist das wichtig oder kann das weg?«, fragt sie und zieht einen großen Umschlag heraus.

»Das? Das sind Fotos von Bastian. Pit hat sie für seine Großmutter ausgedruckt. Mach auf und schau dir den Burschen mal an. Vielleicht kannst du ja eine Ähnlichkeit feststellen. Ich kann es nämlich nicht.«

Becca öffnet den Umschlag und knipst die kleine Lampe über uns an. »Weiß nicht«, sagt sie nach einem Moment und kraust die Nase. »Ich bin nicht gut in so was. Aber wer ist denn dieses Fotomodell für Arme?«

»Das ist Nathalie, seine Mutter.«

»Nun gut, Geschmack hat sie. Obwohl sie selbst ziemlich billig aussieht, trägt sie teure Markenklamotten. Und sogar eine Handtasche von Canova.«

»Wirklich? Auf welchem Bild?«

»Hier, auf diesem Foto mit dem Kinderwagen. Die Tasche ist eindeutig Tommasos Design aus der vorletzten Kollektion.«

»Das kann nicht sein. Das Foto wurde viel früher aufgenommen. Da war Bastian noch ein Baby.«

»Na, ich werde doch wohl die Tasche erkennen. Ich hab die gleiche, und die ist definitiv aus der vorletzten Winterkollektion.«

»Aber im letzten Jahr wird sie Bastian wohl kaum noch mit einem Kinderwagen durch die Gegend gefahren haben. Da konnte er doch bestimmt schon laufen!«

»Ist doch auch wurscht. Was ist? Kommst du noch mit rein, um Veit zu begrüßen?«

»Ich sehe ihn ja am Freitag. Sollen wir euch abholen?«

»Nee, lasst uns die Wagen stehenlassen. Wir holen euch mit dem Taxi ab. Es soll schließlich für alle ein feuchtfröhlicher Abend werden. Küsschen, meine Liebe, ich freu mich.«

Ich freue mich auch auf unseren ersten Abend zu viert und hoffe, dass Pit einverstanden ist, obwohl ich dem Treffen zugestimmt habe, ohne ihn vorher zu fragen. Bis ich mich durch den Feierabendverkehr gequält habe, ist es schon dunkel draußen.

Als ich unsere Wohnstraße erreiche, sehe ich, dass in meiner Wohnung kein Licht brennt. Gegenüber bei Pit schon. Prima, er ist schon zu Hause, denke ich, und steige gut gelaunt die Treppe hinauf. Bevor ich zu ihm gehe, ziehe ich mir meine Jacke und die Schuhe aus, werfe einen Blick in die Küche und stelle missmutig fest, dass er noch nicht gekocht hat, obwohl er heute dran gewesen wäre.

»Ich habe Hunger«, rufe ich, als ich seinen Flur betrete. Allerdings vergeht mir der Appetit sofort, nachdem ich sehe, dass er nicht allein ist. Er ist in Begleitung einer Frau. Nicht irgendeiner, sondern einer ganz besonderen Frau. Ein Blick auf das aufgedonnerte Magermodell genügt und ich weiß, dass ich Nathalie gegenüberstehe. Ich ringe nach Worten. Pit beendet den peinlichen Moment und macht uns miteinander bekannt.

»Darf ich vorstellen? Das ist Dagmar. Dagmar, das ist Nathalie. Sie ist vor zwei Stunden in Hamburg gelandet, um mit mir zu sprechen.«

»Wie geht es Ihrem Jungen?«, frage ich.

»Sie wissen von ihm?«, fragt sie irritiert.

»Ja, sicher. Pit und ich haben keine Geheimnisse vor einander.«

Das scheint sie zu erstaunen, denn ihr Blick wird von einem Moment zum anderen feindselig. Dann wendet sie sich Pit zu und sagt: »Könnt ihr eure Plauderei auf später verschieben? Das, was wir beide zu bereden haben, ist ja wohl wichtiger! Es geht schließlich um eine sehr private Familienangelegenheit! Dagmar wird bestimmt Verständnis dafür aufbringen und uns jetzt allein lassen.«

Ich warte darauf, dass Pit ihr vehement widerspricht und ihr sagt, dass ich nicht irgendeine Person bin, sondern seine

Lebenspartnerin und mich die Geschichte genauso betrifft wie ihn. Aber das tut er nicht. Er sagt tatsächlich zu mir, dass er später rüberkommt und mir alles erklären wird. Ich bin fassungslos.

Ich sitze wie auf Kohlen in meiner Küche und warte darauf, dass er erscheint und sich mir erklärt. Er lässt mich bereits geschlagene zwei Stunden warten und ich werde zunehmend wütender auf ihn. Was erlaubt er sich nur?

Als er endlich vor mir steht und sich herablässt, mir zu sagen, was nebenan gerade vor sich geht, koche ich über.

»Du hast was? Du hast ihr tatsächlich angeboten, bei dir zu wohnen?«

»Wäre es dir lieber, ich würde ihr ein Hotel bezahlen? Denn das müsste ich dann. Sie ist völlig mittellos.«

»Danach sieht sie mir aber nicht aus! Was will sie hier? Sollte ihr Platz jetzt nicht bei dem Kleinen sein?«

»Darum geht es ja! Sie hat seine Krankenakte dabei und sucht einen Chirurgen, der sich den komplizierten Eingriff zutraut. Sie hat Termine mit verschiedenen Spezialisten in Norddeutschland vereinbart, mit denen sie sich ab morgen treffen wird.«

Die Erklärung klingt plausibel und ich bohre nicht weiter nach. Dennoch liegt mir eine Frage auf der Zunge.

»Hast du ihr gesagt, dass wir ein Paar sind?«

»Ja, sicher. Warum sollte ich ihr das verschweigen?«

»Dann sollten die Fronten ja geklärt sein«, sage ich.

»Daggi, ich war noch nicht einkaufen. Schlimm? Nathalie hat mich völlig überrumpelt.«

»Nicht schlimm. Mir reicht ein Brot. Dir auch?«

»Wenn du mir deinen Wagen gibst, hole ich uns noch was Anständiges.«

»Dafür bleibt keine Zeit. Ich muss gleich wieder los und die Ehlerts fahren.«

»Dann kümmere ich mich um die Stullen und du ruhst dich noch einen Moment aus.«

»Ich esse, wenn ich wiederkomme«, sage ich knapp, denn ich bin immer noch angefressen.

Ich bekomme eine warme Umarmung und einen Kuss. Danach geht es mir entschieden besser.

Als ich in Ottensen vorfahre, warten Mutter und Sohn schon auf dem Bürgersteig. Irgendetwas stimmt an diesem Bild nicht, denke ich und erkenne auf den zweiten Blick, was anders ist als sonst. Frau Ehlert sitzt in einem Rollstuhl.

»Ja, Frau Niemann. Jetzt geht es steil mit mir bergab«, sagt sie und schlingt die Arme um ihren Sohn, der sie aus dem Rolli hebt und vorsichtig auf die Rückbank meines Taxis setzt. Als ich ihm helfe, den Stuhl zusammenzuklappen, flüstert er mir leise zu: »Bitte unterstützen Sie mich. Sie hat heute einen ganz schlimmen Tag.«

Ich will nicht weiter auf ihren Gesundheitszustand eingehen, sondern starte den Motor und frage wie gewohnt: »Wo soll es denn heute hingehen, Frau Ehlert?«

»Von mir aus fahren Sie uns nur einmal um den Block. Mir steht nicht der Sinn nach Ausgehen. Aber mein Sohn ignoriert ja die Wünsche einer kranken Frau.«

»Alstertor eins«, antwortet er und ich weiß, dass es ins Thalia-Theater geht.

»Ich habe ihm zehnmal gesagt, dass ich mich zu schwach fühle, aber das interessiert ihn ja nicht.«

»Du brauchst nicht zu gehen, Mama. Dafür habe ich den Stuhl besorgt.«

»Das ist doch ausgesprochen nett von Ihrem Sohn«, mische ich mich ein.

»Seine Fürsorge bringt mich noch ins Grab«, schimpft sie.

»Ich kenne viele Menschen, die gern mit Ihnen tauschen würden. Sie sollten sich glücklich schätzen, dass Ihr Sohn sich so liebevoll um sie kümmert. Sie ahnen ja gar nicht, wie oft ich ältere Menschen fahre, die mir ihr Leid klagen, weil sie ganz allein sind und ihre Kinder sich gar nicht kümmern, geschweige denn, regelmäßig so etwas Schönes mit ihnen unternehmen, wie Sie und Ihr Sohn es immer tun.«

»Sie halten mich also auch für undankbar?«

»Ich halte Sie für eine ganz besonders nette Kundin und ich würde es sehr bedauern, wenn unsere Mittwochstouren künftig nicht mehr stattfinden würden.«

Plötzlich muss ich eine Vollbremsung machen, denn ein Fahrradfahrer überquert trotz roter Fußgängerampel die Straße.

»Blindfisch!«, rufe ich erbost aus dem Fenster und bemerke erst jetzt, dass aufgrund des abrupten Bremsmanövers die Ausdrucke aus der oberen Ablage gerutscht und Herrn Ehlert auf den Schoß gefallen sind.

»Entschuldigung«, sage ich zu ihm und zeige dem vorbeirauschenden Radfahrer meinen Stinkefinger.

»Ist das Ihr Sohn?«, fragt Ehlert, der sich die Fotos ansieht.

»Nein, ich habe keine Kinder«, antworte ich und will ihm die Bogen wieder abnehmen.

»Das ist ja Knut«, sagt er und schaut sich die Bilder genauer an.

»Knut? Wie kommen sie denn darauf? Der Junge heißt Bastian.«

»Nicht das Kind, der Eisbär! Ich erkenne doch Berlins einstigen Kult-Eisbären.«

»Sind Sie sicher?«

»Absolut. Da besteht kein Zweifel. Das ist das Gehege des Berliner Zoos. Es ist wohl ein Bild aus seinen letzten Tagen, denn auf dem Foto sieht man schon, dass er sehr krank ist.«

Sollte er recht haben, bedeutet das, dass Nathalie und der Junge in Deutschland waren. Warum hat sie damals nicht den

Versuch unternommen, wieder Kontakt zu dem Vater ihres Kindes aufzunehmen? Oder hat sie es versucht, und Martha hat mal wieder geschwiegen? Zuzutrauen wäre es ihr.

Ich will keine weiteren Fahrten bis zur Abholung übernehmen, sondern für die eineinhalb Stunden, die die Aufführung dauert, rasch nach Hause fahren. Mein Gefühl sagt mir, dass ich besser nach dem Rechten schauen sollte.

Und mein Gefühl hat mich nicht getäuscht. Schon im Treppenhaus höre ich lautes Lachen, das aus meiner Wohnung hallt. Ich schließe leise auf und gehe auf leisen Sohlen zur Küche. Das Bild, das sich mir bietet, verschlägt mir den Atem. Nathalie, die lediglich ein seidenes Unterkleid trägt, sitzt an meinem Küchentisch und futtert mein Brot und meinen Aufschnitt. Sie hat ihre nackten Beine übereinandergeschlagen und beugt sich aufreizend zu Pit hinüber. Während sie ihn anlächelt und ihm tief in die Augen schaut, sitzt er kerzengerade am Tisch und hat den Kopf auf seine aufgestützten Hände gelegt. Ich will mir meinen Zorn nicht anmerken lassen und reagiere betont gelassen.

»Habt ihr alles aufgegessen oder ist noch was für mich übrig?«

»Na sicher, Schatz«, sagt Pit und holt Teller und Besteck für mich aus dem Schrank.

»Sie haben eine sehr schöne Wohnung, Dagmar«, lobt mich die Frau, der ich am liebsten meinen Bademantel reichen möchte.

»Danke, schön, dass es Ihnen bei mir gefällt, aber ich finde, Sie sollten Ihren Aufenthalt auf Pits Räume beschränken.«

Sie versteht meinen Rausschmiss und verlässt unverzüglich meine Küche.

»Musste das sein?«, fragt er mich tatsächlich.

»Du bist dabei, meine Toleranz gewaltig zu strapazieren. Ich warne dich, übertreib es nicht!«

»Du überreagierst total. Sie hatte Hunger und ich habe ihr eine Scheibe Brot angeboten. Du weißt doch, dass es bei mir drüben nichts Essbares mehr gibt.«

»Ich sage es nur einmal, Pit. Sollte ich sie hier noch einmal mit dir erwischen, dann kommt es zum Knall!«

»Wir haben zu Abend gegessen. Mehr nicht!«

»Och, sie hatte Hunger … Und sie hat kein Geld für ein Hotel … Für wie blöd hält sie uns? Allein ihre Klamotten, die sie trug, bevor sie dir ihr obszönes Negligee vorgeführt hat, kosten mehrere tausend Euro. Und diese Frau soll kein Geld für ein Hotelzimmer, geschweige denn für eine Scheibe Brot haben? Wieso hat sie überhaupt so schnell ein Visum bekommen? Merkst du nicht, dass hier etwas nicht stimmt?«

»Ich merke nur, dass du ziemlich laut wirst und du dich gewaltig im Ton vergreifst!«

»Ach, bin ich zu laut? Befürchtest du, dass sich deine Nathalie in ihrer Ruhe gestört fühlen könnte? Dann sollte ich mich wohl besser auf der Stelle wieder beruhigen, nicht, dass sie wegen mir keinen Schlaf bekommt. Aber vielleicht kann sie gar nicht allein einschlafen und möchte, dass du dich zu ihr legst. Wirst du ihr diesen Wunsch dann auch erfüllen?«

»Du benimmst dich kindisch!«

»Und du enttäuscht mich maßlos!«

»Was erwartest du denn von mir?«

»Wenn du nicht selber draufkommst, dann tust du mir leid«, schreie ich ihn an und laufe heulend aus dem Haus.

»Hatten Sie einen schönen Abend?«, frage ich die Ehlerts beim Einsteigen. Ich glaube, mein männlicher Fahrgast hat gemerkt, dass ich geweint habe, denn meine Stimme klingt noch immer belegt und ich spreche furchtbar durch die Nase.

»Alles okay bei Ihnen, Frau Niemann?«, fragt er.

»Alles bestens.«

Bei der Ankunft vor der Villa bittet seine Mutter ihn, erst sie ins Haus zu bringen und dann die Fahrt zu bezahlen. Kurz darauf kommt er zurück und setzt sich auf den Beifahrersitz.

»War die Vorstellung so übel oder warum ist sie so kratzbürstig?«, frage ich und suche nach Wechselgeld in meinem Portemonnaie.

»Sie macht es mir nicht leicht. Na klar, sie hat Schmerzen, aber ich tue nun wirklich alles, was in meiner Macht steht. Ich telefoniere täglich mit ihr und komme einmal wöchentlich aus Berlin angereist. Ich übernachte sogar bei ihr. Aber das scheint ihr nicht zu genügen. Verdammt, ich habe auch noch ein eigenes Leben. Tut mir leid, dass ich meinen privaten Kram bei Ihnen ablade.«

»Was raus muss, muss raus. Danach geht es einem besser«, sage ich und will ihm das Restgeld in Münzen zurückgeben.

»Stimmt so«, sagt er und ich warte, dass er aussteigt, aber statt sich vom Sitz zu erheben, schließt er die Tür.

»Würden Sie mit mir ein Glas Wein trinken gehen?«

»Jetzt?«, frage ich ungläubig zurück.

»Wann immer Sie wollen.«

»Da komme ich gern drauf zurück, aber bitte nicht heute.«

»Mein Angebot steht, wann immer es Ihnen passt. Dann bis nächsten Mittwoch, Frau Niemann.«

»Und Kopf hoch, Herr Ehlert. Es gibt bestimmt auch wieder bessere Tage.«

Genau. »Kopf hoch«, sage ich auch zu mir. Auch für mich wird es wieder bessere Tage geben, sobald Nathalie die Stadt verlässt, wird unser Leben wieder in geordneten Bahnen verlaufen. Vielleicht habe ich wirklich überreagiert. Aber wie reagiert man als Frau, wenn man den Liebsten mit seiner halb nackten Ex antrifft?

Als ich in meine Wohnung komme, liegt Pit im Bett und sieht fern.

»Ich gehe duschen«, rufe ich ihm durch die geöffnete Tür zu. Sofort springt er auf und kommt auf mich zu.

»Bist du noch böse?«

»Nein«, sage ich und will ins Bad gehen, aber er greift nach meiner Hand und zieht mich zurück.

»Warte! – Ich habe die letzte Stunde nachgedacht und ich weiß jetzt, wie es auf dich gewirkt haben muss. Es tut mir leid. Ich habe mir wirklich nichts dabei gedacht.«

»Sie war halb nackt!«

»So ist sie, und so war sie schon immer.«

»War es das, was dich um den Verstand gebracht hat? Du stehst auf diesen Nuttenfummel?«

»Ich stehe auf dich! Dich hab ich lieb! Komm ins Bett und lass uns nicht mehr streiten.«

»Geh schon vor. Ich will nur noch Zähneputzen.«

Ich liege auf seiner Brust, und mein Herz schlägt wie wild. Seine Küsse beruhigen mich nicht. Ich hab eine Scheißangst, ihn an diese Wolga-Tussi zu verlieren.

»Der Kampf ist eröffnet!«, sage ich lautlos zu mir.

Kapitel 21

Daggi und ich trinken nur einen Kaffee im Stehen. Ich hatte die Wahl zwischen Frühstück mit Brötchen und allem Drum und Dran oder sensationellem Morgensex. Wofür ich mich entschieden habe, ist ja wohl klar.

»Becca und Veit wollen sich am Freitagabend mit uns treffen. Sie haben vorgeschlagen, eine Runde zu bowlen. Hättest du Lust?«

»Pärchenabend?«

»Ich hab schon zugesagt«, sagt sie verschämt und zieht einen Schmollmund. »Hab dich nicht so, Veit ist wirklich nett. Gib ihm eine Chance.«

»Von mir aus, wenn es dich glücklich macht.«

Gerade als ich mir die Jacke von der Garderobe nehme, klingelt es an der Tür. Nathalie steht im Treppenhaus und fragt mich, wo ich den Kaffee in meiner Küche verstecke.

»Drüben ist nur Tee. Wenn du Kaffee willst, geh zum Supermarkt und kauf dir welchen«, sage ich knapp und erkläre ihr, dass ich jetzt los müsse, wenn ich meinen Bus noch erreichen wolle. Beleidigt geht sie zurück in meine Wohnung. Vermutlich habe ich diesmal korrekt gehandelt, denn Daggi belohnt mich mit einem Kuss und grinst zufrieden.

Ich besteige gerade die Bahn nach Lüneburg, als mein Handy klingelt und ich die Rufnummer meines Festnetzanschlusses erkenne.

»Ich dachte, du begleitest mich zu der Besprechung mit Professor Friedrich? Sieht so etwa deine Verantwortung aus, die du mir gestern noch versprochen hast?«

»Ich bin rechtzeitig zurück, Nathalie. Wir treffen uns um drei Uhr vor der Uniklinik, wie abgesprochen.«

»Nicht um drei, sondern in einer halben Stunde!«

»Du hast von drei Uhr nachmittags gesprochen!«

»Ja, morgen um drei Uhr. Aber auch nur für den Fall, dass es in Eppendorf nicht klappen sollte und wir in Altona vorsprechen müssen.«

»Das hab ich aber anders verstanden.«

»Du solltest weniger vögeln und dich lieber um die wichtigen Dinge im Leben kümmern!«

»Was soll das, Nathalie? Belauschst du uns?«

»Was findest du an dieser nichtssagenden Person? Sie ist kein Vergleich zu mir!«

»Darüber spreche ich nicht mit dir!«

»Ich wusste, dass ich mich nicht auf dich verlassen kann. Du bist und bleibst ein Mann der leeren Worte!«

Dann legt sie auf.

Ich föhne mir im Badezimmer meine Haare, als es an Tür schellt. Natürlich ahne ich, dass sie es ist, die klingelt. Und ich behalte recht.

»Pit hat mir gesagt, dass du Taxi fährst. Würdest du mich ins UKE fahren?«

»Grundsätzlich schon, aber heute habe ich einen Fotoauftrag und bin sehr in Eile. Aber wenn du ein Taxi brauchst, dann ruf dir eins über die Zentrale. Die Nummer lautet: 211 211.«

»Du und Pit seid also ein Paar«, sagt sie und wirft mir einen abfälligen Blick zu. »Seit wann?«

»Wir kennen uns schon vier Jahre«, antworte ich, denn ich will ihr nicht verraten, dass wir erst seit Kurzem zusammen sind.

»Vier Jahre? Dann bist du meine Nachfolgerin! Und warum seid ihr nicht verheiratet? Mich wollte Pit sofort heiraten! Die ganz große Liebe wird es wohl zwischen euch nicht sein, oder warum habt ihr getrennte Wohnungen?«

»211 211«, kannst du dir das merken oder soll ich es dir aufschreiben?«

»Was kostet eine Fahrt nach Eppendorf?«

»Circa zwölf Euro. Billiger fährst du mit dem Bus!«

»Einen schönen Tag noch, Dagmar.«

Was war denn das für ein Auftritt? Mal ehrlich, so führt sich doch keine Mutter auf, die am Boden zerstört ist, weil ihr Kind lebensgefährlich erkrankt ist. Sie scheint wirklich ein Miststück zu sein. So langsam verstehe ich Martha und kann ihre Abneigung nur zu gut nachvollziehen.

Zehn Minuten später gehe ich die Treppe hinunter und will meinen Wagen besteigen, als ich sie mit dem Handy am Ohr auf dem Bürgersteig entdecke. Sie telefoniert, aber in dem Moment, als sie mich erblickt, ändert sie die Sprache und spricht Russisch.

»Das war meine Tante Irina. Sie sagt, Bastians Zustand sei unverändert, aber er fragt pausenlos nach mir und seinem Papa.«

»Dein Taxi kommt«, antworte ich und winke meinem Kollegen Winfried kurz zu. Dann fahre auch ich ab. Endlich wieder ein Shooting, denke ich und freue mich auf die nachfolgenden Stunden, in denen ich konzentriert arbeiten kann, ohne einen Gedanken an diese Person verlieren zu müssen.

Ein Referent aus dem Betrugsdezernat hält gerade einen Vortrag, dem ich gespannt folge, als mein Handy summt und mir eine SMS ankündigt. Unbemerkt öffne ich den Eingangsordner und lese die Nachricht.

> *Er wird es machen. Ich habe dem Professor die Röntgenaufnahmen gezeigt und er traut sich zu, Bastian zu ope-*

rieren. Aber es gibt ein Problem. Wir müssen reden. Aber allein! Komm nach Hause. Ich warte in deiner Wohnung auf dich. In Liebe, Nathalie

Ich stöhne erleichtert auf. Das sind gute Nachrichten. Problem hin oder her, meinem Sohn kann geholfen werden. Wenn das kein Grund zur Freude ist, sage ich mir und packe meine Sachen zusammen. Noch vor Ende der Vorlesung verlasse ich den Hörsaal und laufe zum Bahnhof. Während der Fahrt wähle ich ständig meine eigene Rufnummer, aber Nathalie meldet sich nicht. Dann versuche ich, Daggi zu erreichen. Sie ist genervt und fühlt sich gestört.

»Ich bin mitten im Shooting«, sagt sie. »Was ist denn so wichtig?«

»Ich habe wunderbare Nachrichten, alles wird gut, aber ich will dich jetzt nicht stören. Mach einfach weiter. Ich erzähle es dir, wenn du zu Hause bist.«

Die wunderbaren Nachrichten haben einen Haken. Damit ist nicht etwa ein kleiner Fischköder gemeint, wie man ihn vom Angeln kennt, die Größe eines Fleischerhakens, an dem auf dem Schlachthof Rinderhälften hängen, wäre die zutreffendere Bezeichnung.

»Meine Krankenversicherung wird die Kosten für eine OP in Deutschland nicht übernehmen«, sagt Nathalie und weint bitterlich.

»Das müssen sie!«, rufe ich aufgebracht.

»Nein, das müssen sie nicht. Ich bin nur gesetzlich versichert und sie übernehmen nur Kosten, die im Inland anfallen.«

»Was würde es kosten, es aus eigener Tasche zu bezahlen?«

»Mindestens hunderttausend Euro, aber vermutlich mehr«, flennt sie und ich weiß, dass weder ich noch sie diese Summe aufbringen können.

»Aber es gäbe eine Möglichkeit«, sagt sie und wischt sich die Tränen aus dem Gesicht.

»Welche? Nun sag schon!«

»Du heiratest mich, erkennst Bastians Vaterschaft an und wir werden über dich familienversichert. Dann kann er in Deutschland kostenlos operiert werden.«

»Das geht nicht! Erstens wäre es Betrug, und zweitens …«

»Ist es etwa wegen Dagmar? Du setzt das Leben deines Sohnes wegen dieser Frau aufs Spiel? Er ist dein eigen Fleisch und Blut!«, schreit sie mich hysterisch an.

»Ich kann dir jetzt keine Antwort geben! – Völlig unerwartet schneist du nach vier Jahren in mein Leben und stellst alles auf den Kopf!«

»Gib nicht mir die Schuld daran, dass es vier lange Jahre gedauert hat!«

»Ich kann dich nicht heiraten, Nathalie. Ich liebe dich nicht mehr!«

»Es geht nicht um Liebe, verdammt! Es geht um unseren Sohn!«

»Da wird Daggi nicht mitspielen.«

»Dann sprich mit Martha! Soll sie doch einfach eine Hypothek auf ihr Haus aufnehmen. So viel wird ihr alter Kasten doch wohl wert sein.«

»Das ist er bestimmt, aber sie wird niemals zustimmen.«

»Es liegt in deiner Hand, ob du Vater oder Mörder deines Sohnes sein willst.«

»Geht es auch weniger dramatisch?«

»Pit, Liebling, wir können eine glückliche Familie sein. Es liegt an dir! Ich habe dich noch immer gern und bin bereit, die letzten Jahre zu vergessen. Und dass es dir genauso geht, habe ich gestern Abend genau gespürt. Deine Blicke waren unmissverständlich.«

Kapitel 22

»Daggi? Ich möchte heute noch bei Martha vorbeischauen.«

»Wieso gerade heute? Wir sind zum Bowlen verabredet! Hast du das vergessen?«

»Ich werde mich nicht lange bei ihr aufhalten. Vermutlich wird es nur ein sehr kurzes Gespräch werden. Ich bin rechtzeitig zurück.«

»Du kannst meinen Wagen nehmen. Ich werde den ganzen Tag mit der Bearbeitung der Fotos zu tun haben«, biete ich an und er stimmt erfreut zu.

Pit ist noch keine zehn Minuten fort, als es an der Tür klopft. Da ich weiß, wer der Störenfried ist, lasse ich mir mit dem Öffnen besonders viel Zeit.

»Mach auf, Liebling. Ich weiß, dass sie weg ist. Ihr Taxi steht nicht mehr vor der Tür. Ich hab was Feines für uns«, ruft sie durch die verschlossene Tür. Sie staunt nicht schlecht, als nicht Pit, sondern ich ihr gegenüberstehe. Wieder trägt sie ihr Babydoll und nicht nur das. In der einen Hand hält sie eine Flasche Champagner, in der anderen eine Packung Kondome.«

»Wie peinlich«, lacht sie gekünstelt.

»Das muss dir doch nicht peinlich sein, Nathalie. Danke für den Champagner«, sage ich und nehme ihr die Flasche aus der Hand. »Allerdings, die Kondome kannst du behalten. Pit und ich mögen es lieber ohne.«

»Dann genieße es, solange du noch kannst, denn deine Tage sind gezählt!«, sagt sie und schaut mich siegessicher an.

»Was machst du eigentlich noch hier? Sollte dein Platz nicht bei deinem kranken Kind sein?«

»Mir scheint, Pit hat noch nicht mit dir gesprochen. Das sieht meinem Liebsten ähnlich. Er ist immer noch ein bisschen feige, aber das ändert nichts an meiner Liebe zu ihm.«

»Pit ist nicht feige, er ist vielleicht zu leichtgläubig, was dich angeht. Aber ich bin es nicht. Ich durchschaue dein falsches Spiel. Deine Fotos auf Facebook haben dich verraten. Ich sage nur: Handtasche und Berliner Zoo! Sei versichert, dass nicht meine, sondern deine Tage gezählt sind. Und nun entschuldige mich, ich habe zu tun.«

Schon zum zweiten Mal kommt die Mail an meinen Kunden als unzustellbar zurück. Ich rufe ihn an und frage, ob sich seine Mailadresse geändert habe.

»Nein, Frau Niemann, aber vielleicht liegt es daran, dass der Datenumfang aufgrund der zahlreichen Fotos zu groß ist. Können Sie mir nicht eine CD brennen oder die Bilder auf einen USB speichern und sie mir bringen?«

»Das muss ich Ihnen aber in Rechnung stellen.«

»Egal, Hauptsache ich bekomme sie gleich.«

Also gut, ich lade die Daten auf einen Stick und rufe ein Taxi. Nicht irgendeins. Ich wähle die direkte Nummer von Winfried. Obwohl wir Konkurrenten sind, arbeiten wir kollegial zusammen und schustern uns gern gegenseitig Fahrten zu.

Eine Viertelstunde später warte ich auf dem Bürgersteig auf sein Eintreffen.

»Kannst du das für mich zum Neuen Wall bringen?«, frage ich ihn und überreiche ihm einen luftgepolsterten Umschlag.

»Schon wieder zum Neuen Wall?«, lacht er.

»Wieso schon wieder?«

»Na, gestern habe ich deine Freundin zum Neuen Wall gefahren und heute schickst du mich auch dorthin.«

»Meine Freundin?«

»Na, die junge Frau, die ich gestern abgeholt habe. Sie sagte, sie sei eine Freundin von dir und wollte mit mir einen Sonderpreis aushandeln.«

»Du hast sie nicht ins UKE gefahren?«

»Nee, ganz sicher nicht.«

»Das ist ja interessant«, sage ich.

Marthas Freude, mich zu sehen, ändert sich schlagartig, als ich ihr sage, dass Nathalie in der Stadt ist.

»Du lässt sie bei dir wohnen? Ja, spinnst du denn total?«

»Hör mir zu, Martha, und bitte unterbrich mich nicht.« Obwohl es ihr schwerfällt, lässt sie mich ausreden.

»Pit, du weißt doch gar nicht, ob es wirklich dein Kind ist. Verlange wenigstens einen Vaterschaftstest.«

»Dann würdest du mir helfen?«

»Nein, auch das würde nichts an meinem Entschluss ändern. Solange ich lebe, wirst du dafür keinen Cent von mir sehen.«

»Ich habe gewusst, dass ich mir den Weg zu dir hätte sparen können.«

»Nun lauf doch nicht gleich wieder weg, Junge.«

»Ich laufe nicht weg, Martha. Ich muss zurück. Daggi und ich treffen uns gleich mit Freunden.«

»Was sagt sie dazu, dass du die Kosten für die Operation übernehmen willst?«

»Sie weiß es noch nicht. Ich wollte erst mit dir sprechen.«

»Ich hoffe, sie wird dir diesen Unsinn ausreden.«

Zwischen Winsen/Luhe und Seevetal/Maschen geht es wegen einer Baustelle nur einspurig weiter. Ich verliere Zeit, die ich nicht habe, wenn ich pünktlich zu unserer Verabredung erscheinen will. Als ich mit reichlich Verspätung in unsere Straße einbiege, sehe die die drei schon auf dem Bürgersteig vor einem Taxi stehen, das mit angestellter Warnblinkanlage in zweiter Reihe vor unserem Haus parkt. Ohne noch einmal hinaufgehen zu können, um mich umzuziehen, muss ich sofort umsteigen.

Nathalie, die eine Entscheidung von mir erwartet, steht auf meinem Balkon und beobachtet uns. Daggi, der ich eine wichtige Mitteilung zu machen habe, raunzt mich an, weil ich zu spät bin. Becca, die ich seit Wochen das erste Mal wiedersehe, beschwert sich, weil meine Begrüßung nicht freundlich genug ausfällt. Frauen!

»Nun fallt doch nicht wie die Hyänen über ihn her und lasst den Mann erst mal Luft holen!«, sagt Veit und klopft mir freundschaftlich auf die Schulter. Nanu? Der König der Brillen hat nicht nur seinen steifen Anzug, sondern auch seine Arroganz abgelegt? In Jeans sieht er tatsächlich aus wie ein ganz normaler Kerl.

Als die Frauen nach unserem Eintreffen im Bowlingcenter sofort gemeinsam die Toiletten aufsuchen, gehen Veit und ich schon zur Bahn. Nach seinem ersten Probewurf sagt er: »Pärchenabend! Was für eine bescheuerte Idee! Na was soll's, wir machen das Beste draus, oder? Was trinkst du, Pit? Auch ein Pils?«

»Ja, unbedingt und ganz schnell. Ich hatte einen absoluten Scheißtag.«

»Frauen gegen die Männer?«, fragt Becca, als sie und Daggi nach einer Viertelstunde endlich zurück sind. Kann mir mal jemand erklären, warum Frauen stets gemeinsam aufs Klo gehen müssen? Und warum das immer so lange dauert?

»Warum nicht?«, antwortet Veit. »Wenn ihr unbedingt verlieren wollt, bilde ich ein Team mit Pit.«

Die Mädels zeigen wenig Ehrgeiz. Dass sie gegen uns Männer chancenlos sind, kratzt sie nicht die Bohne. Sie sind vielmehr mit Quatschen beschäftigt. Ständig stecken sie die Köpfe zusammen. Daggi erzählt pausenlos und Becca schüttelt ungläubig den Kopf.

»Worüber reden die beiden nur?«, will Veit wissen und ich sage, dass es bei der Tuschelei vermutlich um meine Ex und meinen Sohn geht.

»Eine recht prekäre Angelegenheit, die mich gerade den letzten Nerv kostet.«

»Erzähl!«, fordert er mich auf und ich berichte ihm zwischen den Würfen von meinem Desaster.

»Ich steh mit dem Rücken zur Wand. Der einzige Mensch, der mir helfen könnte, wäre meine Großmutter. Aber sie hat mir eine Abfuhr erteilt. Jetzt bleibt nur noch Plan B.«

»Tu das nicht, Pit! Mach nicht den gleichen Fehler wie ich. Du darfst diese Nathalie nicht heiraten!«

»Aber Becca lebt doch auch mit dir zusammen, obwohl du eine andere Frau geheiratet hast.«

»Du ahnst ja nicht, wie sehr ich das bereue. Wenn du meinen Rat willst, dann lass die Finger davon! Das bringt nur Ärger!«

»Anders als du würde ich vorher mit Daggi sprechen und nicht heimlich hinter ihrem Rücken heiraten. Es wäre doch auch nur eine Scheinehe.«

»Auch Scheinehen haben Konsequenzen. Glaub mir, so einfach ist das nicht.«

»Aber es wäre die einzige Möglichkeit, meinem Sohn diese OP zu ermöglichen.«

»Es ist deine Entscheidung, aber sag später nicht, ich hätte dich nicht gewarnt.«

Als um Mitternacht die Bowlingbahn schließt, fragt Becca, ob wir noch weiterziehen wollen.

»Besser nicht«, sagt Daggi. »Ich muss unbedingt mit Pit sprechen und das duldet keinen Aufschub.«

»Das trifft sich gut«, sage ich. »Auch ich muss dringend mit dir reden.«

Als wir beide zu Hause ankommen, sagt sie schon im Treppenhaus zu mir, dass ich nicht glauben werde, was sie mir gleich berichten wird. Stufe um Stufe ringen wir darum, wer den Anfang machen darf.

»Lass mich«, bitte ich sie, denn sollte ich ihr nicht sofort mein Herz ausschütten, platze ich. Daggi steckt den Schlüssel ins Schloss, gleichzeitig öffnet sich die Tür meiner Wohnung und Nathalie tritt heraus.

»Hast du es ihr endlich gesagt?«, fragt sie mit versteinerter Miene.

»Nathalie, welch ein ungewohnter Anblick, dich endlich mal komplett angezogen zu sehen«, lacht Daggi sie aus.

»Komm endlich rüber, Pit. Ich warte seit Stunden auf deine Rückkehr. Es gibt Neuigkeiten.«

»Nicht jetzt!«, fahre ich sie an und folge Daggi in ihre Wohnung.

»Auch ein Glas Champagner?«, fragt sie und geht grinsend zum Kühlschrank.

»Du hast Schampus gekauft? Warum? Was gibt es zu feiern?«, frage ich erstaunt.

»Nein, ich habe keinen Schampus gekauft. Das ist eine Aufmerksamkeit von Nathalie. Aber erst du! Denn wenn du meine Story hörst, dann wirst du den Mund vor lauter Staunen nicht mehr zu kriegen.«

»Also gut. Es ist so. Die Ärzte im Eppendorfer UK sehen gute Chancen für eine erfolgreiche Operation.«

»Sagt wer?«, unterbricht Daggi mich.

»Sagt Nathalie, nun lass mich bitte weitersprechen. Allerdings werden die Kosten für den Eingriff nicht von der russischen Krankenversicherung übernommen. Um die OP aus eigener Tasche zu

bezahlen, fehlt es mir an Geld. Deshalb war ich heute bei Martha und habe sie …«

»Du hast Martha um Geld gebeten?«

»Sie hat abgelehnt.«

»Gut so!«

»Daggi!«

»Meine Güte, Pit, diese Frau ist eine Betrügerin!«

»Was redest du denn?«

»Sie war nie im UKE! Statt sich mit den Ärzten zu treffen, hat sie einen Stadtbummel durch Hamburgs Flaniermeile gemacht.«

»Wie kommst du darauf?«

»Mein Kollege Winfried hat es mir erzählt. Er hat sie zum Neuen Wall gefahren und nicht nach Eppendorf, wie sie dir erzählt hat. Nathalie bindet dir einen gewaltigen Bären auf. Mittlerweile bezweifle ich sogar, dass es überhaupt einen Bastian gibt!«

»Was redest du denn?«

»Fahr mal deinen Laptop hoch und ich werde es dir beweisen. Schau dir die Bilder an! Das Foto, auf dem sie vor dem Kinderwagen steht. Sie trägt eine italienische Marken-Handtasche, die nachweislich erst im letzten Jahr in den Handel gekommen ist. Im letzten Jahr wäre Bastian bereits zwei Jahre alt gewesen und brauchte bestimmt keinen Kinderwagen mehr. Wenn dir das noch immer nicht genügt, dann schau dir das Bild vor dem Eisbärgehege an. Das wurde nicht in Russland aufgenommen, sondern im Berliner Zoo. Der Eisbär im Hintergrund ist der berühmte Knut, der am 19. März 2011 verendet ist. Zu diesem Zeitpunkt war Bastian noch gar nicht geboren. Na, klingelt es langsam bei dir?«

»Woher weißt du das alles?«

»Becca und Herr Ehlert haben mich drauf gebracht. Becca hat das Design der Tasche sofort erkannt, und mein Stammkunde wohnt in der Hauptstadt und kennt den Zoo wie seine Westentasche.«

Ich kann nicht glauben, was Daggi gerade von sich gibt, und will den Beweis. Ich gehe online, um Nathalies Facebook-Seite aufrufen, aber die ist nicht mehr verfügbar.

»Was bedeutet das?«

»Das bedeutet, dass sie sie gelöscht hat, nachdem ich ihr heute Morgen eine Ansage gemacht habe.«

Mir reicht, was ich gehört habe. Sofort will ich Nathalie zur Rede stellen.

»Komm rüber! Sofort!«, brülle ich sie an und ziehe sie an den Händen in Daggis Wohnung. »Was spielst du für ein Spiel mit mir?«, rufe ich aufgebracht. Sie gibt sich unwissend und starrt uns mit ihren großen braunen Augen an. Aber dieser Blick zieht nicht mehr bei mir.

»Wie heißt der Arzt, mit dem du dich gestern getroffen hast?«, frage ich sie.

»Was soll die Frage?«, erwidert sie.

»Du warst gar nicht im UKE! Und ich ahne auch schon, weshalb. Es besteht gar kein Grund, mit Ärzten zu sprechen, denn es existiert gar kein Hirntumor, genauso wenig wie ein Kind namens Bastian existiert!«

»Bist du von Sinnen?«, schreit sie mich an.

»Du bist nicht nach Eppendorf, sondern zum Neuen Wall gefahren«, sage ich. »Was hattest du dort zu tun?«

»Ich habe die Übersetzung von Bastians Krankenbericht abgeholt. Du weißt doch, dass mein Deutsch nicht ausreichend ist. Insbesondere was die vielen Fachbegriffe angeht. Schließlich geht es nicht um einen Autokauf, sondern um das Leben unseres Kindes.«

»Wie heißt dieses Übersetzungsbüro?«

»Sag mal verhörst du mich? Bin ich hier vor Gericht?«

»Wir glauben dir kein Wort! Es ist vorbei, Nathalie. Pack deine Sachen und verschwinde! Hier ist nichts für dich zu holen! Weder Geld noch eine Aufenthaltsgenehmigung!«, sagt Daggi und stützt demonstrativ die Arme auf die Hüften.

»Ihr glaubt, ich lüge euch an?«, ruft sie aufgebracht und rennt davon. Keine Minute später kommt sie zurück und legt uns Röntgenaufnahmen vor. Ich habe keine Ahnung, was sie zeigen. Ich erkenne nur einen Schädel, mehr nicht. Schließlich bin ich Polizist und kein Neurochirurg.

»Und warum hast du deine Facebook-Seite gelöscht?«

»Ich bin dir zwar keine Rechenschaft schuldig, Dagmar, aber ich antworte dir trotzdem. Die Seite diente lediglich dem Zweck, Pit Bilder von unserem Sohn zu zeigen. Das ist nicht mehr nötig, denn Bastian wird schon in wenigen Tagen nach Hamburg kommen. Meine Tante Irina wird ihn bringen.«

»Er ist nicht mehr im Krankenhaus?«, frage ich erstaunt.

»Er hat kein Fieber mehr. Sollte das übers Wochenende so bleiben, wird er am Montag entlassen.«

»Warum sagst du das nicht gleich?«

»Das hatte ich ja vor, aber ihr musstet mich ja diesem Tribunal unterziehen. Darf ich jetzt gehen oder will die Frau Staatsanwältin noch weitere absurde Anschuldigungen gegen mich vorbringen?«, sagt Nathalie und schaut Daggi zornig an. Dann verlässt sie mit einem lauten Türknall die Wohnung.

»Na, das nenne ich mal eine Spontanheilung«, sagt Daggi.

»Du glaubst ihr nicht?«

»Nicht eine Silbe!«

Kapitel 23

Als Pit am Samstagvormittag in seine Wohnung geht, um seinen Jogginganzug und seine Laufschuhe zu holen, ist sie nicht da.

»Sie ist abgehauen?«, frage ich und eine gewisse Genugtuung macht sich in mir breit.

»Ich denke nicht. Ihre Koffer liegen noch vor dem Bett.«

Schade! Aber zu wissen, dass sie sich nicht nebenan aufhält und uns auf Schritt und Tritt beobachten kann, ist auch schon ein gutes Gefühl. Noch immer frage ich mich, wie es sein konnte, dass sie auf jede unserer Fragen sofort eine Antwort wusste. Zum Schluss wäre es ihr fast gelungen, den Spieß umzudrehen und mich als Lügnerin dastehen zu lassen. Aber das hat nicht geklappt. Auch wenn Pit mir noch nicht zu hundert Prozent glaubt, er hegt zumindest Zweifel.

Erst am Sonntagabend höre ich nebenan die Wohnungstür klappen. Kurz darauf wird das Licht eingeschaltet. Sie ist also wieder da, denke ich, als gleichzeitig mein Telefon klingelt und Martha mich zu sprechen wünscht.

»Fährst du Pit morgen früh nach Lüneburg?«

»Das ist nicht geplant. Warum?«

»Ich möchte dringend mit dir sprechen. Aber allein! Würdest du vorbeikommen?«

»Ja, sicher. Aber was ist denn so wichtig?«

»Kann Pit dich hören?«

»Ja, er steht neben mir.«

»Sag ihm nichts und grüße ihn nur von mir. Alles Weitere morgen.«

»Okay, Martha. Kein Problem. Bis morgen.«

Ich wundere mich über ihre Geheimniskrämerei, aber weil sie anscheinend nicht will, dass Pit etwas mitbekommt, sage ich nur: »Ich fahre dich morgen früh zur Akademie. Anschließend schaue ich bei Martha vorbei. Sie hat mich gebeten, mit ihr einen Großeinkauf zu machen.«

»Wie lieb von dir«, sagt er und drückt mir einen kurzen Kuss auf die Lippen.

Martha muss Tag und Nacht gebacken haben, denn in ihrer Küche türmen sich Plätzchen und anderes Kleingebäck meterhoch.

»Was ist denn los?«, frage ich beim Anblick ihrer Kummerkekse. Sie schenkt sich ein Glas kalte Milch ein uns setzt sich zu mir an den Küchentisch.

»Soll ich dir einen Kaffee kochen?«

»Nicht nötig. Ich nehme auch ein Glas Milch. Aber nun erzähl doch! Was hat dich so in Aufregung versetzt?«

»Nachbarn haben beobachtet, dass seit ein paar Tagen ein Kerl vor meinem Haus herumschleicht. Er soll sogar, während ich bei der Reha gewesen bin, durch den Garten gegangen sein. Gestern Morgen habe ich diese Karte im Briefkasten gefunden. Ich habe sie mit der Sonntagszeitung herausgenommen und sie im ersten Moment für Werbung gehalten. Ich wollte sie schon wegschmeißen, aber dann sah ich die Notiz, die auf der Rückseite vermerkt ist. *Bitte rufen Sie mich in einer dringenden Angelegenheit zurück. Klaus Schöninger.*«

»Und? Hast du zurückgerufen?«

»Es lief nur der Anrufbeantworter.«

Sie reicht mir die Karte und ich lese: *Büro Schöninger – Immobilien-Sachverständiger – Erfurt.*

»Was hat das zu bedeuten?«

»Ich hoffe sehr, dass ich mich irre. Aber kannst du dir vorstellen, dass Pit dahintersteckt? Ob er diesen Schöninger mit einem Wertgutachten beauftragt hat, um schon mal vorzufühlen, was bei mir zu holen ist? Schließlich braucht er Geld. Er selbst hat mich um eine hohe Summe gebeten.«

»Das glaubst du doch wohl nicht wirklich, Martha. Wie kannst du ihm das nur zutrauen?«

»Wer sonst sollte ein Interesse am Wert meines Hauses haben? Bestimmt hat sie ihre Finger im Spiel. Aber ich werde noch nicht abkratzen! Den Gefallen werde ich ihr nicht tun!«

»Du verrennst dich, Martha. Niemand will, dass du abtrittst. Ganz im Gegenteil!«

»Aber was hat es dann mit diesem Sachverständigen auf sich?«

»Lass es uns herausfinden und noch einmal dort anrufen«, sage ich und nehme die Karte und mein Handy zur Hand. Kurz darauf meldet sich eine Frauenstimme mit: »Büro Schöninger, guten Morgen.«

»Guten Morgen. Mein Name ist Dagmar Niemann aus Hamburg. Ist Herr Schöninger zu sprechen?«

»Tut mir leid, Frau Niemann. Herr Schöninger ist im Urlaub und erst wieder in der nächsten Woche zu erreichen.«

»Würden Sie mir seine Mobilnummer geben? Er erwartet meinen Anruf. Es geht um das Haus in Bardowick bei Lüneburg.«

»Seine private Nummer darf ich nicht herausgeben.«

»Aber es scheint ihm wichtig zu sein, dass wir miteinander sprechen. Er hat ausdrücklich *in einer dringenden Angelegenheit* auf seine Karte geschrieben.«

»Ich mache Ihnen einen Vorschlag. Ich notiere mir Ihre Rufnummer, und sollte ich den Chef vor seiner Rückkehr sprechen, richte ich ihm aus, dass Sie sich gemeldet haben. Kann er Sie unter der Nummer erreichen, die mir im Display angezeigt wird?«

»Ja genau, die ist richtig. Nur noch eine letzte Frage, bitte. Können Sie mir sagen, wer den Auftrag für die Wertermittlung erteilt hat? Die Eigentümerin, Frau Hartung, war es nämlich nicht.«

»Besser Sie besprechen das mit Herrn Schöninger, denn von einem Auftrag in Lüneburg weiß ich nichts.«

»Also gut. Vielen Dank.«

Jetzt heißt es abwarten. Obwohl ich Martha sage, dass sich alles aufklären wird, scheint es sie nicht zu beruhigen.

»Ich habe schon literweise kalte Milch getrunken und Kekse dazu gegessen. Normalerweise beruhigt mich das. Aber seitdem ich weiß, dass dieses Luder wieder in der Stadt ist …«

»Lange wird sie ihr Spiel nicht mehr spielen können. Ich bin ihr bereits dicht auf den Fersen«, unterbreche ich Martha. »Es dauert nicht mehr lange und ihr Lügengerüst wird einstürzen.«

»Was hast du vor, Dagmar?«

»Gar nichts! Nur abwarten. Moment mal! Ich habe die Beweise im Auto. Ich hole sie rein und dann erzähle ich dir, wie ich sie überführt habe.«

Martha ist begeistert, als ich ihr die Beweisfotos zeige. Sie lacht und meint, dass nicht Pit, sondern ich zur Kripo gehen sollte.

»Trotzdem, Dagmar. Sei auf der Hut! Dieses Weib ist mit allen Wassern gewaschen.«

»Ich bin schon mit ganz anderen Kalibern fertig geworden. Keine Sorge. Das Kapitel Nathalie hat sich schon bald erledigt und dann schmeckt dir auch der Kaffee wieder, obwohl kalte Milch und Kummerkekse auch nicht zu verachten sind.«

Kapitel 24

Nichtsahnend gehe ich die Treppe hinauf, als Nathalie mich bereits auf den letzten Stufen abpasst und mich bittet, hereinzukommen.

»In deiner Wohnung wartet jemand auf dich, der es nicht abwarten kann, dich endlich zu sehen«, sagt sie und schiebt mich ins Wohnzimmer. In der Ecke steht ein kleiner Junge, der mich schüchtern mit seinen großen Augen ansieht.

»Nana?«, flüstert er unsicher und Nathalie sagt: »Ja, das ist dein Papi.«

Mein Herz pocht und in meinem Hals bildet sich ein dicker Knoten. Ich gehe auf die Knie, um den Kleinen in Augenhöhe zu betrachten.

»Hallo Basti«, sage ich mit dünner Stimme. »Geht es dir gut? Wann bist du gekommen?« Nathalie übersetzt und antwortet für ihn.

»Meine Tante Irina und unser Schatz sind heute Mittag in Hamburg gelandet. Basti ist sehr müde von der Reise, aber er wollte nicht schlafen gehen, bevor du kommst.«

Ich gehe zum Schrank und hole den Teddybären heraus. »Der ist für dich, Basti. Ich habe ihn schon gekauft, als ich dich in Moskau besuchen wollte.«

Er greift sich das Stofftier und steckt es sich unter den Arm, ohne den Blick von mir zu lassen.

»Ich bringe ihn jetzt ins Bett. Bleibst du?«

Ich nicke und schaue dabei zu, wie Nathalie ihm einen Schlafanzug anzieht, mit ihm im Bad die Zähne putzt und ihn dann auf dem Arm ins Schlafzimmer trägt. Sie redet ihm zu, allerdings verstehe ich nicht, was sie sagt. Dann küsst sie ihn zärtlich und deckt ihn zu. Leise gehen wir aus dem Zimmer. Im Flur greift sie meine Hand und fragt, wie ich den kleinen Mann finde.

»Er hat große Ähnlichkeit mit dir«, sage ich und ringe um Fassung.

»Wirst du jetzt endlich etwas unternehmen?«

»Ich habe bereits mit Martha gesprochen. Sie ist nicht bereit, mir finanziell auszuhelfen.«

»Das war, bevor sie Bastian gesehen hat. Lass uns zu ihr fahren. Sie soll ihrem Urenkel ins Gesicht sehen und ihm sagen, dass …«

»Den Weg können wir uns sparen.«

»Dann sprich mit deiner Bank. Du bist Beamter und hast ein sicheres Einkommen. Bestimmt wird man dir einen Kredit gewähren.«

»In der Höhe? Ohne Sicherheiten? Was soll ich der Bank sagen? Ich kann ja noch nicht einmal nachweisen, dass ich Bastians Vater bin. Vergiss es!«

»Dann heirate mich! Ich verspreche dir, eine gute Ehefrau zu sein.«

»Nathalie, ich …«

»Sprich mit Dagmar! Tu es noch heute! Die Zeit drängt!«

»Du warst drüben bei ihr?«, fragt Daggi. »Wie lange willst du ihr noch Asyl gewähren? Wann schickst du sie endlich fort?«

»Er ist da! Ich habe ihn mit meinen eigenen Augen gesehen. Bastian ist kein Phantom. Er ist ein kleiner, entzückender Junge, der jetzt in meinem Bett schläft.«

»Wie hat sie den denn so schnell aus dem Hut gezaubert?«

»Könntest du deine dummen Bemerkungen bitte für einen Moment lassen? Ich muss ernsthaft mit dir über ihn reden.«

Das Wort »dumm« hätte ich besser nicht sagen sollen, denn Daggi straft mich mit einem bitterbösen Blick.

»Wie du weißt …«, fange ich zögerlich an. »Wie du weißt, kann ich auf Martha nicht zählen. Aber der Kleine braucht dringend eine OP. Es gibt nur eine Möglichkeit in dieser verzwickten Situation.«

»Und die wäre?«

»Ich muss Nathalie heiraten.« So, nun ist es raus.

»Das ziehst du nicht ernsthaft in Betracht, oder?«

»Ich sehe keinen anderen Weg!«

»Du willst unsere Beziehung aufgeben und diese Schwindlerin heiraten?«

»Das hat doch gar nichts mit uns zu tun. Zwischen uns beiden ändert es nichts. Das mit Nathalie und mir wäre nur eine Zweckehe.«

»Merkst du noch was? Du denkst tatsächlich darüber nach, sie zur Frau zu nehmen, nur weil sie dir irgendeinen kleinen Jungen präsentiert hat? Woher weißt du, ob du wirklich der leibliche Vater bist? Du bist noch nicht einmal auf die Idee gekommen, einen Vaterschaftstest zu verlangen! Und dann die Geschichte mit dem UKE. Hast du dir mal die Mühe gemacht und überprüft, ob es diesen Professor Friedrich überhaupt gibt?«

»Beruhige dich, Daggi! Ich will vernünftig mit dir reden und nicht mit dir streiten!«

»Dafür hast du dir den falschen Tag ausgesucht!«

»Wo willst du denn hin? Lauf doch jetzt nicht davon!«

»Ich fahre heute die Ehlerts! Langsam solltest du wissen, was ich mittwochabends um diese Zeit zu tun habe. Aber du hast ja nur noch eins im Kopf!«

Mit einem Ruck schlägt sie die Tür hinter sich zu und rennt die Treppe hinunter. Wenige Augenblicke später erhalte ich eine SMS. Sie ist von Nathalie.

> *Ich habe euren Streit gehört. Du hast also mit ihr gesprochen. Ich weiß, dass du jetzt allein bist. Komm rüber! Ich warte auf dich!*

Ich antworte ihr:

Ich muss nachdenken. Lass uns morgen reden. Ich werde mir freinehmen und den Tag mit euch verbringen.

»Na, wieder solo?«, frage ich, als Herr Ehlert allein zu mir ins Taxi steigt. Er meint, dass er das Theater-Abo kündigen wird. »Das ist rausgeschmissenes Geld«, schimpft er.

»Wohin soll es heute gehen?«

»Ins Ohnsorg-Theater«, sagt er mürrisch. Ich fahre gerade die Kirchenallee entlang, als er sagt: »Auf eine plattdeutsche Komödie habe ich überhaupt gar keine Lust. Diese Karten habe ich nur für meine Mutter besorgt. Sie mag Boulevard. Ich nicht!«

»Kann ich verstehen. Ist auch nicht mein Fall«, antworte ich.

»Was halten Sie heute von einem Glas Wein?«

»Sie wollen die Karten verfallen lassen? Das wäre aber auch schade.«

»Sagen Sie es doch frei heraus, Frau Niemann. Sie wollen sich nicht von mir auf einen Drink einladen lassen.«

»Irrtum! Gerade heute steht mir der Sinn nach einem Glas. Ein kühles Bier könnte mir gefallen. Aber ich finde trotzdem, dass Sie die Karten nicht einfach verfallen lassen sollten. Sie könnten doch versuchen, die Tickets vor der Abendkasse zu verkaufen.«

»Oder verschenken, dann wäre die Ausgabe nicht ganz für die Katz. Gute Idee, Frau Niemann. Warten Sie hier auf mich? Ich bin gleich zurück.«

Ich schaue in den Spiegel und finde, dass ich den Moment nutzen sollte, mich ein wenig herzurichten. Mit den Fingern fahre ich mir kurz durch die Haare, dann öffne ich das Handschuhfach und ziehe meinen kleinen Schminkbeutel hervor. Ich ziehe mir gerade die Lippen nach, als jemand die hintere Wagentür öffnet und sich auf den Rücksitz fallen lässt.

»Tut mir leid. Ich bin nicht frei«, sage ich und schaue in den Rückspiegel. Noch bevor ich das Gesicht des Mannes richtig erkennen kann, hält er mir ein Messer an den Hals und fordert mich auf, ihm meine Einnahmen zu geben.

»Ich hab nur Wechselgeld«, stammle ich unter Todesangst. »Sofort! Ich gebe Ihnen das Portemonnaie.« Unbemerkt löse ich den stillen Alarm aus und will in die Seitenablage greifen, um das Pfefferspray zu nehmen, als Ehlert die Wagentür aufreißt und den Angreifer packt. Für einen kurzen Moment gelingt es ihm, den Mann festzuhalten, aber als dieser wild um sich schlägt, lässt mein mutiger Retter ihn los und er kann entkommen.

»Geht es Ihnen gut? – Sie bluten, Frau Niemann!« In der Aufregung habe ich gar nicht bemerkt, dass ich mit dem Messer verletzt worden bin. Ich halte mir die Hand auf die Wunde und lehne mich zurück. Das rote Blinkzeichen auf dem Dach meines Wagens lockt die ersten Passanten an.

»Rufen Sie die Polizei«, bittet Ehlert eine Frau. Er selbst geht zum Kofferraum und kommt mit meinem Verbandskasten zurück. Während er mir eine Mullbinde auf den Hals drückt sage ich: »Keine Polizei. Das bringt doch nichts. Der ist längst über alle Berge.«

»Sie müssen ins Krankenhaus«, bestimmt Ehlert und ich widerspreche erneut. »Das ist nur eine kleine Schnittwunde. Halb so wild.«

»Was mache ich nur mit Ihnen? Sie sind ja noch sturer als meine Mutter!«

»Sie hatten mir einen Drink versprochen. Den kann ich jetzt mehr gebrauchen denn je.«

»Rücken Sie rüber. Ich fahre!«, sagt er und diesmal folge ich seiner Anweisung. Kurz darauf halten wir vor einem Lokal. Ich öffne meine Handtasche und lege Pflaster und eine

Kompresse hinein. Bevor ich ihm zum Tisch folge, frage ich den Kellner nach den Toiletten. Vor dem Spiegel sehe ich das ganze Ausmaß der Attacke. Der Kragen meiner hellen Bluse ist blutverschmiert. Ich entscheide mich, sie auszuziehen und in meiner Tasche zu verstauen. Dann reinige ich meinen Hals mit einem feuchten Tuch und verpasse mir ein großes Pflaster. Ich ziehe meine Wolljacke über und knöpfe sie bis oben zu. So wird es wohl gehen, denke ich und gehe zurück in den Gastraum, wo Ehlert bereits mit einem frisch gezapften Pils auf mich wartet.

»Prost«, sage ich und nehme einen kräftigen Schluck.

»Sie sind wohl nicht so leicht zu erschüttern«, sagt er und lächelt mich an. »Mir schlottern noch immer die Knie.«

»Dank Ihnen ist doch alles gut gegangen.«

»Es war mir gar nicht bewusst, welch gefährlichen Beruf Sie haben. Ist Ihnen so etwas schon einmal passiert?«

»Ja, heute war das dritte Mal.«

»Vielleicht sollten Sie mal darüber nachdenken, den Beruf zu wechseln.«

»Ich kann auf das Taxifahren nicht verzichten. Von meinem brotlosen Job als Fotografin kann ich allein nicht leben.«

»Sie sind Fotografin?«

»Mit Leidenschaft.«

»Und Sie leben allein?«

»Wie kommen Sie denn darauf?«

»Na, sagten Sie nicht gerade, Sie könnten nicht allein … Ach so! Sie meinten: Von Ihrem brotlosen Job allein könnten Sie nicht leben. Jetzt verstehe ich. Wie dumm von mir.«

»Meine Schuld! Ich habe mich missverständlich ausgedrückt.«

»Sie sind aber nicht verheiratet, oder? Ich habe nämlich noch nie einen Ring an ihrem Finger gesehen.«

»Richtig beobachtet«, lache ich und winke den Kellner an den Tisch. »Sie auch noch ein Bier?«

»Nochmal das Gleiche«, bestellt Ehlert und fragt mich ganz nebenbei, ob ich auch Single sei, so wie er.

»Ich habe einen festen Freund.«

»Na, der muss ein Glückspilz sein.«

»Er ist ein Idiot«, sage ich. »Ein viel zu gutgläubiger Mensch. Einer, der sich um den Finger wickeln lässt, obwohl es doch so offensichtlich ist!«

»Aha«, sagt Ehlert und ich weiß, dass er nicht ein Wort von dem versteht, was ich gerade sage.

»Tut mir leid, ich wollte Sie nicht mit meinem Privatleben langweilen.«

»Was raus muss, muss raus, hat mir erst kürzlich eine nette Dame gesagt. Reden Sie nur weiter! Danach geht es Ihnen besser.«

»Sie haben heute schon genug für mich getan. Sie sind mein Held!«

»Noch ein Bier?«

»Ja, mindestens noch eins.«

Ehlert ist ein netter Unterhalter. Mit ihm ist die Zeit wie im Nu vergangen. Als der Ober an den Tisch kommt und sagt, dass es die letzte Runde sei, die er ausschenkt, fragt mein Held: »Wollen Sie mir nicht Ihren Vornamen verraten?«

»Dagmar. Und Sie?«

»Kai. Sagen wir du?«

»Und trinken Brüderschaft?«

»So habe ich mir das vorgestellt.«

Als er näher kommt, um mich zu küssen, weiche ich zurück und sage: »Ich glaube, ich habe einen Schwips. Ich bin einfach keinen Alkohol mehr gewohnt.«

»Dann sollte ich dich jetzt besser nach Hause bringen.«

»Du willst noch fahren? Etwa meinen Wagen? Du hattest auch schon zu viel!«

»Ich rufe uns ein Taxi. Dein Wagen bleibt stehen.«

Wir beide setzen uns auf die Rückbank. Kai fragt nach meiner Adresse und bestimmt, dass ich zuerst nach Hause gebracht werde. Als ich spüre, dass er meine Hand streichelt, ziehe ich sie sofort zurück.

»Keine gute Idee«, sage ich.

»Darf ich dich wiedersehen?«

»Nur wenn deine Mutter dabei ist. Allein bist du mir zu gefährlich.«

»Ich könnte dir gefährlich werden? Das höre ich aber gern.«

»Da vorne rechts«, sage ich zur Fahrerin.

»Dann bis Mittwoch«, ruft er mir nach.

Kapitel 25

»Puh, du hast eine alte Fahne«, sage ich, als ich Daggi meinen Morgenkuss aufdrücke. Sie dreht sich knurrend zur Seite und raunzt, dass ich sie weiterschlafen lassen soll. Auch gut, denke ich und nehme mir vor, zum Bäcker zu fahren und Brötchen zu kaufen.

Vergeblich suche ich vor dem Haus ihren Wagen und laufe wie der Blitz die Treppe wieder hinauf.

»Daggi, dein Wagen ist weg.«

»Nicht weg, der steht in der Hallerstraße.«

»Wieso? Sag nicht, du hast dir gestern die Kante gegeben!«

»Dann sag ich es nicht«, antwortet sie und zieht sich die Decke über den Kopf.

»Ich nehme das Rad und hole fürs Frühstück ein.«

»Dafür hast du Zeit?«

»Ich fahre nicht nach Lüneburg. Ich habe versprochen, mich heute um Bastian zu kümmern.«

»Viel Spaß!«

»Können wir nicht noch einmal vernünftig …?«

»Nein! Wir können nicht! Ich rede erst wieder mit dir, wenn du zur Vernunft gekommen bist!«

Als ich eine halbe Stunde später mit zwei Tüten Brötchen zurück bin, steht sie unter der Dusche. Ich setze mich auf den Klodeckel und unternehme einen neuen Versuch, mit ihr zu sprechen, als mein Blick auf den Wäschekorb fällt.

»Was ist mit deiner Bluse passiert? Ist das Blut?«

Sie antwortet mir nicht. So langsam verliere ich die Geduld. Endlich stellt sie das Wasser ab und steigt aus der Duschkabine.

»Was hast du da am Hals? Wie ist das passiert? Nun mach doch endlich den Mund auf!«

Sie nimmt wortlos ihren Bademantel vom Haken und geht in die Küche.

»Zwei Tüten?«, fragt sie, als sie die Semmeln sieht.

»Ja, eine für dich und eine für …«

»Für mich? Und du frühstückst nebenan? Was soll das werden? Bekomme ich jetzt einen Vorgeschmack auf unsere Zukunft? Die Mahlzeiten nimmst du drüben im Kreis der Familie ein und wenn das Kind abends schläft, kommst du zu mir ins Bett? Etwa so? Hast du es dir so vorgestellt?«

»Nun dreh doch nicht durch!«

»Ich warne dich, Pit Hartung. Solltest du es wagen, jetzt mit diesen Brötchen rüberzugehen, dann war's das mit uns!«

»Ich koche dir erst mal einen starken Kaffee. Der hilft dir hoffentlich, wieder klar zu sehen.«

»Ich sehe ganz klar«, sagt sie in einem betont ruhigen Tonfall zu mir, dass mir angst und bange wird. Ich glaube, sie weint, denn sie dreht sich von mir ab.

»Daggi, bitte«, flehe ich sie an. »Bitte versteh mich doch! Ich kann nicht anders.«

»Du machst alles kaputt!«, jammert sie und jetzt weiß ich mit Bestimmtheit, dass sie weint. Ich will sie in den Arm nehmen, aber sie sperrt sich.

»Sag mir endlich, was mit deinem Hals passiert ist.«

»Jemand hat gestern Abend versucht, mich auszurauben.«

»Du wurdest überfallen? Und du sagst mir kein Wort? Wo ist das passiert? Hast du die Polizei gerufen? Hat man den Täter geschnappt? Hast du Schmerzen? Tut es sehr weh?«

»Kein Vergleich zu den Schmerzen, die du mir bereitest.«

Gerade will ich ihr sagen, dass auch ich nicht glücklich mit der Situation bin, als es klingelt und gleichzeitig laut an die Tür geklopft wird. Ich höre Nathalie rufen: »Pit, mach auf! Komm schnell! Er wacht nicht auf!«

Daggi und ich stürzen gleichzeitig zur Tür.

»Er wacht nicht auf!«, schreit Nathalie hysterisch. Ich laufe ins Schlafzimmer und sehe Bastian regungslos im Bett liegen.

»Aber er atmet«, stelle ich erleichtert fest.

»Ich rufe 112!«, sagt Daggi.

»Musst du nicht. Ich habe schon angerufen. Der Doktor ist auf dem Weg.«

»Dann werde ich ja nicht mehr gebraucht«, sagt Daggi und verlässt meine Wohnung. Wenig später höre ich sie sagen: »Ja, Sie sind hier richtig. Gehen Sie einfach durch.«

Ich beuge mich gerade runter, um Bastians Puls zu messen, als jemand im Flur ruft: »Frau Kulikowa? Wo ist das Kind?«

»Hier, Herr Professor«, ruft sie zurück und zeigt auf das Bett.

»Hat er Fieber?«, fragt er, während er seinen Arztkoffer öffnet. Er leuchtet Bastian mit einer kleinen Taschenlampe in die Augen. Danach nimmt er ein Stethoskop und hört ihn ab.

»Es war gut, dass Sie mich direkt angerufen haben, Frau Kulikowa. Ich werde Ihrem Sohn jetzt etwas zur Kreislaufstabilisation verabreichen und dann warten wir einen Moment ab.«

»Wird er wieder aufwachen, Herr Professor?«

Er antwortet nicht auf ihre Frage, sondern schaut mich an.

»Sind Sie der Vater?« Ich nicke.

»Dann wissen Sie um die Dringlichkeit der Operation. Wie ich Frau Kulikowa bereits gesagt habe, drängt die Zeit.«

»Wir haben noch keine Regelung gefunden, Herr Professor«, sagt sie zu ihm. Dann richtet sie ihr Wort an mich. »Herr Professor Friedrich weiß Bescheid. Ich habe ihm unsere Situation offen und ehrlich geschildert.«

»Ich weiß Ihre Offenheit zu schätzen. Daher gestatten Sie mir, Ihnen genauso offen zu sagen, dass Sie für Ihren Plan nicht mehr

genug Zeit haben. Bis Sie verheiratet sind, Sie den Jungen als Ihr Kind anerkennen und ihn hier krankenversichern können, vergeht Zeit, die Bastian nicht mehr hat. Wir sind doch ungestört, oder?«, fragt er und geht in den Flur, um die Wohnungstür zu schließen. Dann fährt er in leisem Ton fort. »Ich operiere Ihren Sohn. Nicht im UKE, sondern in meiner Privatklinik. Sollte keine langwierige Nachbehandlung nötig sein, werde ich den Eingriff für achtzigtausend Euro durchführen.«

»Es gibt nur ein Problem«, sage ich.

»Ich weiß, Sie wollen vorab einen Vaterschaftstest durchführen lassen. Der ist im Preis inbegriffen. Überlegen Sie es sich und geben Sie mir Bescheid. Frau Kulikowa hat mir erzählt, dass Sie Polizist in Hamburg sind. Dann sollten Sie doch wohl wissen, wo man sich im Milieu unbürokratisch Geld beschaffen kann.«

»Was meinen Sie mit unbürokratisch, Herr Professor?«, fragt Nathalie.

»Herr Hartung weiß schon, was ich meine. – Na, prima. Der kleine Patient kommt auch langsam zu sich. Dann kann ich ja gehen.«

Bastian öffnet die Augen.

»Geht es dir gut?«, frage ich ihn, aber er schaut mich nicht an, sondern fällt Nathalie in die Arme. Sie spricht ihm gut zu und streichelt seinen Kopf.

»Frag ihn, ob er hungrig ist. Ich habe Brötchen gekauft und hole sie euch rüber.« Als ich in Daggis Wohnung komme, steht sie fertig angezogen in der Küche und schaut mich fragend an.

»Komm. Wir holen deinen Wagen«, sage ich zu ihr, nehme die Tüte vom Tisch und reiche sie Nathalie im Treppenhaus durch die geöffnete Tür.

»Wo willst du denn jetzt hin? Sagtest du nicht, dass du den heutigen Tag mit uns verbringen willst?«

»Du hast gehört, was der Professor gesagt hat. Ich komme erst zurück, wenn ich das Geld besorgt habe.«

»Ich danke dir, Pit. Das werde ich dir nie vergessen«, winselt sie und sinkt auf die Knie. Mit beiden Armen umklammert sie meine Beine, um ihrer Dankbarkeit den richtigen Ausdruck zu verleihen. Sie schaut zu mir auf und ich kann in ihre tränengefüllten Augen sehen. Bevor ich mich von ihr löse, stelle ich ihr noch einmal die alles entscheidende Frage.

»Er ist doch wirklich mein Sohn, oder?«

»Sicher! Aber wenn du darauf bestehst, dann machen wir den Test.«

»Ich gehe jetzt. Lasst euch die Brötchen schmecken.«

Kapitel 26

Warum zerrt er so an mir? Soll ich etwa die Treppenstufen hinunterstürzen? Ist er jetzt völlig durchgedreht? Warum sagt er mir nicht, was mit dem Jungen ist? Zweimal habe ich ihn schon gefragt und zweimal hat er nur »Gleich« geantwortet.

Auf dem Weg zur Bushaltestelle bleibt er plötzlich stehen und zieht sein Handy aus der Jackentasche. Ich habe keine Ahnung, wen er anruft. Ich höre ihn nur sagen: »Verbinden Sie mich mit dem Universitätskrankenhaus Eppendorf.«

»Was hast du denn vor, Pit?«

»Gleich!«

Das ist das dritte Mal, dass er meine Frage einsilbig abschmettert.

»Guten Morgen, hier spricht Polizeihauptmeister Pit Hartung. Bitte verbinden Sie mich mit Professor Friedrich, dem Leiter der Neurochirurgie.« Kurz darauf wiederholt er seine Bitte mit dem gleichen Wortlaut. »Er ist nicht zu sprechen, er operiert gerade. Seit wann steht er im OP? – Ich will nicht wissen, wen er operiert, sondern seit wann! – Danke, das genügt mir als Antwort. Mehr wollte ich nicht wissen.« Dann legt er auf und macht ein zufriedenes Gesicht.

Ich bin kurz davor, die Geduld zu verlieren, und baue mich wutstrotzend vor ihm auf.

»Willst du mir nicht endlich sagen …«

»… dass du vollkommen recht hattest? Ja, mein Schatz, du hattest vollkommen recht. In allen Punkten«, lacht er befreit und nimmt mich überglücklich in den Arm.

»Wie kommt es zu deiner späten Einsicht?«

»Abgesehen davon, dass der falsche Professor mir ein höchst dubioses Geschäft vorgeschlagen hat, ist ihm ein sehr banaler Fehler unterlaufen.«

»Du meinst, der Professor war gar nicht echt?«

»Der war so falsch wie seine Zähne.«

»Ich habe mich gleich gewundert. Ein Professor, der Hausbesuche macht? Schon sehr merkwürdig! Und reichlich jung fand ich ihn auch.«

»Nicht nur jung, sondern reichlich dumm dazu. Kein halbwegs intelligenter Mensch hätte ihm diese Schmierenkomödie abgenommen.«

»Was hat ihn denn verraten?«

»Er hätte mich nicht auf den Vaterschaftstest ansprechen sollen, denn dass ich auf einen bestehe, habe ich Nathalie gegenüber niemals geäußert. Allerdings haben wir beide gestern darüber gesprochen und sie muss uns belauscht haben. So hat sie auch von deiner Idee Wind bekommen, im UKE Nachforschungen anzustellen. Und bevor das passieren kann, hat sie kurzerhand diese Bewusstlosigkeit inszeniert.«

»Du glaubst, sie hat den Jungen unter Schlafmittel gesetzt? Wie kann man seinem eigenen Kind nur so was antun?«

»Mittlerweile bezweifle ich, dass es sich überhaupt um ihren Sohn handelt. Ich kenne mich zwar mit der Größe von kleinen Kindern nicht besonders gut aus, aber als ich gestern Abend allein war und angestrengt nachgedacht habe, da fiel mir plötzlich der kleine Amerikaner aus unserem Urlaub ein. Erinnerst du dich an den frechen Bengel, der am Nebentisch immer Fratzen geschnitten hat? Er war drei Jahre alt, hatte seine Mutter mir gesagt. Gegen ihn wirkt Bastian wie ein Vorschulkind. Sag, hast du noch die Ausdrucke, die ich für Martha angefertigt habe?«

»Ja, sicher.«

»Das ist gut. Die brauche ich nämlich als handfesten Beweis, um sie wegen versuchten Betruges anzuzeigen.«

Sein letzter Satz geht mir runter wie Öl. Er will sie anzeigen! Wie laut Martha erst jubeln wird, wenn sie davon erfährt. Ich kann es gar nicht abwarten, ihr davon zu berichten. Während wir die vier Stationen mit dem Bus fahren, schüttelt Pit immer wieder lautlos den Kopf. Vermutlich wird ihm jetzt erst klar, wie blind er gewesen ist.

»Da vorne parkt mein Wagen«, sage ich und zeige über die Straße.

»Was hat dich in diese üble Spelunke verschlagen? Hättet ihr euch nicht ein netteres Lokal aussuchen können? Ist der Überfall etwa hier passiert?«

»Nein, das war am Heidi-Kabel-Platz.«

»Und wer von euch Mädels hatte den glorreichen Einfall, ausgerechnet hier einzukehren? Du oder Becca?«

»Wie kommst du denn jetzt auf Becca? Sie war gar nicht dabei.«

»Du willst mir sagen, dass du dir hier ganz allein einen angezwitschert hast?«

»Will ich ja gar nicht.«

»Sondern? – Daggi!«

Ich muss kurz überlegen, bevor ich ihm antworte: »Ich war in Begleitung. Ich geh doch nicht allein in eine Kneipe.«

»Red nicht um den heißen Brei, bitte. Nun sag schon!«

»Mein Retter hat mich hierher eingeladen.«

»Dein Retter? Wer war das? Etwa ein Fremder? Du gehst mit fremden Männern aus?«

»Pit, an deiner Verhörtaktik musst du dringend arbeiten. Lernst du das nicht auf der Polizeiakademie? Man stellt immer nur eine Frage, dann wartet man die Antwort ab, erst dann folgt die nächste.«

»Also gut. Mit wem warst du gestern Abend hier?«

»Na, siehst du, geht doch«, lache ich. Es bringt mir einen Heidenspaß, ihn so zappeln zu sehen.

»Mit wem, will ich wissen«, sagt er und sein Ton wird forscher.

»Mit Kai, wie ich ihn nenne, seitdem wir Brüderschaft getrunken haben.«

»Kai? Wer ist dieser Knabe?«

Mein Telefon klingelt. Pit sagt, ich soll es klingeln lassen. Erst will er meine Antwort hören. Ich gehe trotzdem ran und melde mich breit grinsend mit: »Niemann, hallo?«

»Klaus Schöninger, guten Tag. Nett, dass Sie sich so schnell gemeldet haben.«

»Das gebe ich gern zurück, denn Sie haben mit Ihrer Karte für reichlich Aufregung gesorgt. Frau Hartung hatte schon schlaflose Nächte Ihretwegen. Uns interessiert nur eins: Wer hat Sie beauftragt?«

»Beauftragt? Womit?«

»Na, mit dem Wertgutachten?«

»Ich fürchte, da liegt ein Missverständnis vor. Ich habe den Kontakt zu Frau Hartung aus rein privaten Gründen gesucht. Sagt Ihnen der Name Nathalie Kulikowa etwas?«

»Und ob!«

»Ich bin seit Monaten auf der Suche nach ihr.«

»Warum?«

»Ist Sie bei Ihnen in Bardowick?«

»Antworten Sie nicht mit einer Gegenfrage, Herr Schöninger. Also, warum wollen Sie das wissen?«

»Es ist sehr delikat, deshalb muss ich noch einmal nachfragen. Sind Sie eng mit ihr befreundet?«

»Befreundet? Nein, das nun wirklich nicht!«

»Ich habe einen Privatermittler mit der Suche nach dieser Person beauftragt. Eine Spur führte zur Adresse von Frau Hartung.«

»Stimmt, aber die Spur ist eiskalt. Sie wohnt schon lange nicht mehr dort.«

»Dann wissen Sie wohl nicht, wo sie sich jetzt aufhält?«

»Doch, das weiß ich sogar ganz genau.«

»Wo? Bitte sagen Sie mir wo!«

»Nicht am Telefon. Was halten Sie von einem Treffen?«

»Jederzeit! Wo soll es stattfinden?«

»Sind Sie jetzt in Erfurt?«

»Nein, ich bin in Düsseldorf. Hier hat sie bis Ende Dezember ihr Unwesen getrieben und ist danach spurlos verschwunden.«

»Nehmen Sie den nächsten Flieger nach Hamburg. Mein Lebensgefährte und ich werden Sie in Fuhlsbüttel treffen und ich verspreche Ihnen, dass sich der Weg für Sie lohnt.«

»Abgemacht. Ich melde mich wieder bei Ihnen, sobald ich die Flugdaten habe.«

Pit schaut mich mit offenem Mund an. »Wer ist Herr Schöninger? Was hat das mit dem Wertgutachten auf sich und warum treffen wir uns mit ihm in Fuhlsbüttel?«

»Vergiss doch das Wertgutachten und halt dich lieber fest! Wenn ich die Andeutungen dieses Mannes richtig verstanden habe, dann hat Nathalies Vorgehensweise System und du bist nicht der Erste, bei dem sie diese miese Tour versucht hat. Was Sie diesem Schöninger angetan hat, werden wir von ihm selbst erfahren, sobald er in Hamburg gelandet ist.«

Kapitel 27

Ich kann nicht glauben, was uns dieser Mann aus Erfurt im Flughafenrestaurant berichtet. Wie er sagt, laufen gegen Nathalie bereits mehrere Anzeigen wegen Unterschlagung und Betrug. In Düsseldorf, Berlin und München wird sie bereits per Haftbefehl gesucht. Im Laufe der letzten Jahre hat sie diese Masche nachweislich bei sieben Männern abgezogen. Anders als bei mir hat sie ihnen allerdings nicht vorgegaukelt, dass es sich um das gemeinsame Kind handelt. Dem Sachverständigen hat sie sogar zwei Kinder präsentiert.

»Einen Jungen und ein Mädchen. So wie Nathalie mir versicherte, lebten ihre Kinder aus erster Ehe bei ihrer Tante Irina in Petersburg«, erzählt er uns.

»Die gute Tante Irina. Ja, die kennen wir auch. Allerdings wohnt sie in unserem Fall in Moskau«, lacht Daggi. Dass sie das Ganze mit so viel Humor nimmt, verwundert mich.

»Die Tante forderte eine ansehnliche Summe dafür, dass sie Nathalies Kinder monatelang versorgt hat. Ich Rindvieh zeigte mich großzügig, zahlte Irina die Auslagen, spendierte den Kindern die Flüge und erteilte Nathalie Kontovollmacht, damit sie unsere bevorstehende Hochzeit organisieren und mein Haus in ein kindergerechtes Zuhause verwandeln kann. Kurz vor dem großen Ereignis klagte der Junge über starke Kopfschmerzen. Nathalie suchte mit ihm einen Spezialisten auf und zeigte mir unter Tränen seine Röntgenaufnahmen. Natürlich erklärte ich mich bereit, die lebensrettende Operation aus eigener Tasche zu zahlen. Sie können sich

vorstellen, welch böses Erwachen es für mich war, als ich in die Klinik fuhr und man mir sagte, dass es gar keinen Patienten namens Kulikow gäbe. Genau an dem Tag verschwand sie mit den Kindern auf Nimmerwiedersehen.«

»Wenigstens ist sie ihrem Namen treu geblieben«, feixt Daggi und ich sehe mich genötigt, sie kurz anzustoßen, um sie zur angemessenen Ernsthaftigkeit aufzufordern.

»Die Frau hat es geschafft, mir binnen weniger Wochen hundertfünfzigtausend Euro aus dem Ärmel zu leiern«, klagt er. Kurz darauf entschuldigt er sich für einen Moment und verlässt den Tisch.

»Kannst du dich ihm gegenüber bitte ein wenig mitfühlender zeigen?«

»Bitte? Ich soll Mitleid mit diesem Mann haben? Für mich ist er ein schwanzgesteuerter Idiot! So viel Dummheit muss bestraft werden!«

»Auch ich war kurz davor, auf sie reinzufallen.«

»Zum Glück bist du kein reicher Mann.« Wenn Daggi wüsste, wie falsch sie damit liegt. Ich bin der reichste Mann der Welt, denn ich habe sie an meiner Seite.

Als Schöninger zurück ist, fragt er, wie wir jetzt am besten vorgehen. Er ist dafür, sofort in meine Wohnung zu fahren und sie zu stellen. Ich bin dagegen.

»Eins ist doch klar, diese Betrügereien kann sie unmöglich allein begangen haben. Ich will auch diesen Professor drankriegen und der Frage nachgehen, woher die Kinder stammen, die sie den Männern als ihre eigenen vorgestellt hat.«

Ich halte es für eine gute Idee, mit meinem ehemaligen Dienststellenleiter zu sprechen. Mit ihm verabrede ich den Zugriff, der in meiner Wohnung stattfinden soll. Die genaue Zeit werde ich ihm mitteilen, sobald ich bei Nathalie meinen Köder ausgeworfen habe.

Daggi ist bereit mitzuspielen. Als wir in ihrer Wohnung ankommen, macht sie mir wie abgesprochen eine lautstarke Szene.

»Ich habe keine Ahnung, wie du es geschafft hast, deiner armen Großmutter so viel Geld abzuknöpfen. Nur eins lass dir gesagt sein, Pit, solltest du dieser Frau nur einen Cent geben, dann kannst du bleiben, wo der Pfeffer wächst!«

»Und wenn du kein Verständnis dafür aufbringen kannst, dass ich die Verantwortung für mein eigenes Kind übernehme, dann passen wir wohl nicht zusammen. Dann ist es wohl das Klügste, wenn wir hier einen Schlussstrich ziehen und uns trennen.«

»Du bist ein solcher Dummkopf!«, schreit sie laut.

»Und du bist eine verdammt gute Schauspielerin. Warum vergeudest du nur dein Talent als Taxifahrerin«, flüstere ich ihr leise ins Ohr. Dann küssen wir uns. Leider nur kurz, denn sie wird jetzt wie abgesprochen das Haus verlassen. Daggis Abgang ist bühnenreif.

Keine Minute später klingelt es und Nathalie steht vor der Tür. Sie bittet mich, rüberzukommen, und will wissen, ob alles geklappt hat.

»Ich bekomme das Geld. Sogar heute noch!«

»Wie hast du das so schnell geschafft, mein Liebster?«

»Ich habe Martha die Pistole auf die Brust gesetzt. Entweder sie hilft mir oder sie ist für mich gestorben. Sie hat nicht lange überlegt und zugestimmt. Noch heute wird sie uns das Geld bringen und es dem Professor persönlich übergeben.«

»Aber das ist doch nicht nötig.«

»Sie bestand darauf und ich konnte ihr den Wunsch schwerlich abschlagen, den Mann kennenzulernen, der ihrem Urenkel das Leben retten wird. Ruf ihn an und bitte ihn, gegen Abend zu uns zu kommen. Und Nathalie, nenne mich nie wieder einen Mann der leeren Worte!«

Sie zögert nicht lange und telefoniert. Es ist ein recht kurzes Gespräch, in dem sie ihrem Komplizen unmissverständlich klarmacht, dass es genau so gemacht wird.

»Er kommt gegen sechs«, sagt sie und fragt, wohin ich gehen will.

»Ich packe meine Sachen. Ich will ihre Wohnung geräumt haben, bevor sie zurückkommt.« Den stillen Moment nutze ich, um Kurzmitteilungen zu verfassen. Die Nachricht, dass es gegen achtzehn Uhr zum Showdown kommt, versende ich an meinen ehemaligen Vorgesetzten, an Herrn Schöninger und natürlich an Daggi.

Auf die Minute pünktlich klingelt es an meiner Wohnungstür. Der falsche Professor hat diesmal keinen Arztkoffer dabei. Ich bitte ihn, Platz zu nehmen, und sage, dass meine Großmutter unterwegs sei und bestimmt gleich eintreffen werde.

»Das ist gut, denn ich hatte einen anstrengenden Tag und möchte nach meiner Marathon-OP dringend ins Bett.«

Ich zeige mich verständnisvoll und greife zum Telefon. »Martha, wo bleibst du denn? Der Professor ist ein viel beschäftigter Mann und hat es eilig.« Das war das Startzeichen. Nur wenige Augenblicke später erscheinen vier meiner ehemaligen Kollegen und nehmen die beiden fest.

Als sie abgeführt werden, schreit er Nathalie an: »Ich hab dir gleich gesagt, dass es zu gefährlich ist, einen Bullen abzuzocken.«

Vor dem Haus wartet Daggi mit ihrer Fotokamera und bittet Nathalie um ein Abschiedsfoto. »Für Martha! Ich habe ihr versprechen müssen, ein Bild von dir in Handschellen aufzunehmen. Bestimmt bekommt es einen Ehrenplatz«, lacht sie und drückt den Auslöser.

»Was passiert mit dem Jungen?«, frage ich Steffi. Sie sagt, dass sie ihn so lange ans Jugendamt überstellen wird, bis seine Herkunft geklärt ist.

»Das Geld kann ich abschreiben«, sagt Schöninger betrübt. »Aber zu sehen, dass ihr das Handwerk gelegt wurde, bereitet mir eine gewisse Genugtuung. Ob dieser Moment allerdings ein Jahreseinkommen wert ist, wage ich zu bezweifeln.«

»Verbuchen Sie es unter Lehrgeld«, rät Daggi ihm und wünscht ihm für die Zukunft eine glücklichere Hand, was Frauen angeht.

Er schaut auf die Uhr und sagt: »Wenn ich mich beeile, erreiche ich noch die Spätmaschine.«

»Wenn ich Sie fahre, dann schaffen Sie es bestimmt. Ich fahre nämlich das schnellste Taxi der Stadt«, sagt Daggi und zeigt auf ihren Wagen.

»Aber ich komme mit!«, bestimme ich.

»Wieso?«, fragt sie irritiert.

»Weil das deine letzte Fahrt als Taxifahrerin ist. Genieße sie, denn ab morgen ist Schluss damit. Ich werde nicht zulassen, dass du dich weiterhin dieser Gefahr aussetzt.«

»Und wie soll ich sonst mein Geld verdienen?«

»Da wird uns schon etwas einfallen.«

»Ich hätte da schon eine Idee«, lacht sie. »Ich denke an ein höchst lukratives Geschäftsmodell mit riesigen Marktchancen. Leichtgläubige Männer gibt es schließlich wie Sand am Meer. Und die nötige Grundausausstattung habe ich auch schon. Du hast die Röntgenaufnahmen doch hoffentlich aufbewahrt, Pit!«

»Dagmar Niemann! Lass die blöden Witze!«

Kapitel 28

Ich lasse Schöninger an Terminal eins aussteigen, aber statt nach Hause, fahre ich noch einmal um den Pudding und suche mir einen Parkplatz.

»Ich will das Ende dieser aufregenden Zeit gebührend mit dir feiern. Und wie ginge das besser als mit einem dicken T-Bonesteak. Komm lass uns schnell einkaufen, dann schmeißt du deinen Grill an und wir hauen uns den Bauch voll, bis wir platzen. Na, wie klingt das in deinen Ohren?«

»Oh, Daggi, schon bevor du mir dieses sensationelle Angebot gemacht hast, wusste ich, dass du meine Traumfrau bist. Aber jetzt kann ich nicht anders, als es dir zu sagen. Obwohl ich keine Blumen und keinen Ring zur Hand habe, falle ich hier auf dem harten Betonboden vor dir auf die Knie und frage dich, ob du mich heiraten willst. Du bist meine beste Freundin, mit keinem anderen Menschen kann ich so viel lachen und Spaß haben wie mit dir, du bist so verdammt attraktiv und so begehrenswert, ein liebevollerer Mensch als du ist mir noch nie begegnet. Was sagst du? Möchtest du meine Frau werden und den Rest des Lebens gemeinsam mit mir verbringen?«

»Du nennst mich attraktiv und begehrenswert? Hast du etwa heimlich meine Motivations-CD angehört?«

»Es ist mein vollkommender Ernst. Ich liebe dich, Daggi!«

»Das klingt deutlich besser als: *Ich verehre dich!*«

»Was ist denn nun? Bekomme ich noch eine Antwort? – Heute? – Das wäre sehr nett von dir!«

»Ja, mein Schatz, nichts lieber als das.«

So habe ich mir meinen Heiratsantrag bestimmt nicht vorgestellt. In meinen Träumen hauchte ich ihm völlig ergriffen mein Ja zu, dann küssten wir uns leidenschaftlich, rissen uns gegenseitig wild die Klamotten vom Leib und gaben uns hemmungslos unserer Lust hin. Stattdessen gibt er mir einen Schmatzer auf die Stirn und erteilt mir die Anweisung, unbedingt argentinisches Fleisch zu besorgen, das aber gut abgehangen und mindestens sechshundert Gramm schwer sein muss.

»Nimm Steaks vom Angusrind«, trägt er mir noch auf, als sich unsere Wege im Terminal unverhofft trennen. Ich gehe nach rechts, aber er folgt mir nicht, sondern rennt wie von Sinnen in die linke Richtung.

»Zum Supermarkt geht es aber hier entlang!«

»Ich weiß. Geh doch schon vor. Ich komme nach.«

»Was hast du denn vor?«

Noch einmal dreht er sich im Laufen um und ruft mir zu: »Das erfährst du gleich.«

Gleich! Schon wieder dieses Unwort! Wie lange mag es dauern, Männern beizubringen, dass es *jetzt sofort* heißt?

An der Fleischtheke stehe ich vor der Herausforderung, meinem künftigen Ehemann seinen Wunsch nach einem richtig guten Stück zu erfüllen. Aus dem großangekündigten T-Bonesteak wird ein Porterhousesteak, nicht wie befohlen vom Angusrind aus Argentinien, sondern vom Hereford-Prime-Rind aus Irland. Das Schwergewicht bringt satte achthundert Gramm auf die Waage und ist nach Aussage des Schlachters genau das richtige für wahre Kerle.

Dann mache ich ja nichts falsch, denke ich und besorge noch ein paar gesunde Beilagen und einen Sixpack Bier. Während ich in der Schlange vor der Kasse warte, halte ich immer wieder Ausschau nach Pit. Aber er schlägt erst wieder auf, als ich bereits alle Einkäufe auf das Laufband gelegt habe und es somit zu spät ist, ihn zu fragen, ob ich noch was Leckeres zum Dessert besorgen soll. Da er ohnehin keinen großen Wert auf Süßes legt und ich aller Voraussicht nach sein heutiger Nachtisch sein werde, wäre die Frage sowieso völlig überflüssig gewesen.

»Schön, Sie zu sehen«, sagt die Kassiererin und fragt, ob es mir gut gehe. Breit grinsend fragt sie mich: »Ist Ihnen Ihr Kuchen geglückt? Sie hatten doch versprochen, mir vom Ergebnis zu berichten. Erinnern Sie sich nicht? Es war ein Sonntag und Sie sind mit Ihrem Hintermann aneinandergeraten.« Erst nach dieser Erklärung dämmert es mir. Genau an dieser Kasse hatte ich angestanden, als es zum Disput mit Janas Verlobten gekommen ist. »Das war schon ein lustiges Zusammentreffen zwischen Ihnen und Joshua Parker«, lacht sie. »Sie kannten sich wirklich zu diesem Zeitpunkt noch nicht?« So langsam wird mir diese Kassiererin unheimlich. Weshalb quatscht sie mich bei jedem Einkauf auf diese persönliche Art und Weise an, so als wären wir gute Bekannte? Und wieso weiß sie, dass es sich bei dem Mann um meinen Schwager gehandelt hat? Sie kennt sogar seinen Namen. Jetzt will ich es genau wissen und frage sie: »Kennen wir uns irgendwo her?«

»Aber sicher«, sagt sie und grinst.

»Tut mir leid, aber ich kann sie nirgends unterbringen. Sie müssten mir schon ein wenig auf die Sprünge helfen.« Pit bittet um eine Tragetasche und ich zahle unseren Einkauf. Erst als sie mir das Wechselgeld zurückgibt, erhalte ich ihre stumme Antwort auf meine Frage. Sie öffnet die oberen Knöpfe ihrer Bluse und zieht eine Kette hervor. Mir stockt der Atem, aber nur kurz, dann finde ich meine Stimme wieder und sage: »Sie arbeiten immer donnerstags und sonntags hier, nicht wahr? Künftig werde ich an diesen Tagen diesen Laden meiden!«

»Sie können es ablehnen, das Symbol unserer Verbundenheit zu tragen, und Ihre Herkunft verleugnen. Auch wenn Sie sich weigern, unserem Meister die Ehrerbietung zukommen zu lassen, die ihm gebührt, ändert es nichts daran, dass Sie zu uns gehören. Wir alle schätzen und lieben Sie aus tiefstem Herzen.«

»Sind sind verrückt oder nur betrunken?«, schimpfe ich und zeige ihr mittels einer abfälligen Handbewegung, was ich von ihr halte.

»Es nie zu spät für eine Umkehr, Dagmar. Die Tür unseres Herrn steht immer offen und unser goldenes Licht scheint auch für Sie! Spüren Sie nicht, wie es Sie wärmt? Wir haben die Energie! Wir sind die Kraft!«

Daggi ist kreidebleich. Dass es sich um eine dumme Verwechslung handelt, wie sie mich glauben machen will, kaufe ich ihr nicht ab. Die Frau hat unmissverständlich Dagmar zu ihr gesagt. Nur weil sie mich inständig drängt, ihr jetzt keine weiteren Fragen zu stellen, gebe ich nach. Sie bittet mich, das Steuer zu übernehmen. Das ist eine gute Idee, denn sie ist viel zu aufgewühlt, um selbst zu fahren. Während der Heimfahrt drücke ich immer wieder ihre Hand. Als ich den Wagen einparke und den Motor ausstelle, sagt sie, ich solle noch nicht aussteigen.

»Lass es mich hinter mich bringen, Pit. Die Frau aus dem Supermarkt hat mich nicht verwechselt. Ich kenne sie nicht persönlich, aber es ist unbestritten, dass sie eine Anhängerin ist.«

»Eine Anhängerin? Du meinst, sie ist Mitglied einer Glaubensgemeinschaft? Denn danach hörte sich ihr Geschwafel an.«

»Ich würde es eher als eine brandgefährliche Sekte bezeichnen, der mein Vater nicht nur als einfaches Mitglied angehört, sondern deren Gründer und alleinherrschender Meister er ist.«

»Dein Vater ist ein Sektenführer? Er ist nicht im Import- und Exportgeschäft tätig, so wie du es mir auf Aruba gesagt hast?«

»Ich habe dich nicht angeschwindelt. Von außen betrachtet, betreibt er eine ganz normale Firma, bei der ich aber schon vor langer Zeit gekündigt habe. Du kannst mir glauben, ich habe mit diesen Leuten nichts mehr zu tun. Das Kapitel ist längst abgeschlossen. Wenn du darauf bestehst, erzähle ich dir davon. Ich will nicht, dass du das Gefühl hast, ich hätte Geheimnisse vor dir.«

»Für dich ist das Kapitel abgeschlossen? Dann ist auch kein weiteres Wort mehr nötig. Wir sollten die Vergangenheit hinter uns lassen und nur noch nach vorne schauen.«

»Kennst du das Gefühl des vollkommenen Glücks, Daggi? Ich glaube, jetzt ist so ein seltener Moment. Die Holzkohle glüht auf dem Balkon, riesige Steaks liegen auf dem Grill und brutzeln langsam vor sich hin, das Bier ist perfekt gekühlt und ich halte die weltbeste Frau in meinem Arm. Eine Frau, der ich schon bald einen Ring an den Finger stecken werde.«

»Was meinst du mit bald? – Wann genau?«, fragt sie ungeduldig und kuschelt sich noch dichter an mich heran.

»Gleich«, sage ich und greife in meine Hosentasche.

»Gleich?!!!«, fragt sie mit einem komischen Unterton.

»Nicht gleich – jetzt sofort!«, sage ich und nehme den Ring aus der Schatulle, den ich vor einer Stunde beim Juwelier am Flughafen für einen Wahnsinnspreis erstanden habe. »Gefällt er dir?«, frage ich und sie haucht mir völlig ergriffen ein Ja zu. Ich küsse sie leidenschaftlich und ehe ich mich versehe, reißt sie mir wild die Klamotten vom Leib. Was danach auf dem weichen Teppich passiert, geht nur sie und mich etwas an.

ENDE

Vorschau

Warme Milch und Kummerkekse

Dagmar träumt von einer baldigen Hochzeit, aber noch bevor es zur Vermählung kommt, nehmen die Schatten ihrer Vergangenheit wieder Gestalt an. Ist es pure Einbildung? Sind es nur dumme Zufälle oder ist sie tatsächlich in Gefahr? Wem kann sie noch trauen?

Bisher erschienen

Lila ist der Duft der Wahrheit
Frühstück inklusive
Herzklopfen und kalte Füße
Herzklopfen und kalte Hände
Apfelkomplott
Wer liebt … vergibt
Lady Marmelade Band 1 + 2
Ausgeflittert Band 1 + 2

Inkognito
Blindes Vertrauen und fatale Begierde
Urlaub mit dem Ex
Mein neues Leben mit dem Ex
Alle lieben Molly … ich nicht
Alle lieben Molly … ich auch
Liebe ist wie Radfahren
Ledig … Geschieden … Verwitwet
Fatales Schweigen
Nie wieder Toskana
Eisrosen
Doppelhochzeit mit Hindernissen
Die Pflegerin
Verhängnisvolle Ferien
Erben für Anfänger
Die Gesellschafterin
De Schauspelerin
Die Suppengöttin
Ein unvergesslicher Single Sommer
Frauen von Gleis 1
Club der Feinschmecker
Die Treuetesterin

7335536R00116

Printed in Germany
by Amazon Distribution
GmbH, Leipzig